作者 2015 年 6 月 30 日黄昏在珠峰前
身后通往珠峰登顶的二三十公里将是死亡之路

作者在嘉措拉山界碑旁

作者在珠峰大本营路标前

作者与知名澳洲华裔画家沈嘉蔚(右)在其画室

沈嘉蔚绘教皇方济各肖像《民众的教皇》
（作于 2013 年）

沈嘉蔚油画《澳大利亚的
玛丽·麦格洛普》
（作于 1994 年）

作者与先锋派诗人慧子(左)在上海市作协咖啡厅

作者与《张大千演义》一书作者王亚法(左)

# 穿越珠峰

张帆 著

文汇出版社

# 穿越珠峰(代序)

“穿越珠峰,就是穿越死亡。”

说这话的是与我同行穿越珠峰的驴友说的。虽然有点危言耸听,但挑战人体极限是毋庸置疑的,这多少给我们这次“珠峰行”涂上了一层神秘色彩,也有了心跳加速的恐惧感,又像似注入了一股强有力的助推剂,让人有跃跃欲试的冲动,陡添了不少英雄豪气。

其实,珠峰大本营与珠峰还差一截,就像本人站在姚明身旁,1.8米的身高也就刚到姚明的胸口。珠峰大本营与珠峰的差距也刚好在喜马拉雅山的胸口,离登顶珠峰还差海拔2000多米。而这2000多米之上,那真是生死存亡之地。有人说珠峰下的尸体比你想象的要多得多,听来毛骨悚然,但此话不假。

“我在拉萨,我在珠峰大本营!”

这是我在珠峰大本营发往内地与澳洲最频繁的一则信息。它穿越莽莽雪山、高原丛林,穿越湖泊大洋。让人在赞美现代科技之快捷便利的同时,更感叹大自然的鬼斧神工!

从南半球的澳大利亚到“世界屋脊”的珠峰大本营,纵横近

30000里跨越地球大半圈，终于踏上了近6000米的高海拔。上海东方明珠电视塔的总高度为468米，珠峰也就相当于十二三个这电视塔叠加高度的总和。我挑战人体极限，实现了有生以来对珠峰“可望不可即”的宏伟夙愿。当仰慕已久的珠峰出现在眼前时，强大的震撼无以复加，素不相识的驴友们欢腾雀跃，终于见到了心中顶礼膜拜的神山。

天公作美，那天不仅看到了近在眼前的喜马拉雅山雄伟、壮观、白雪皑皑的身影，还拍摄到了难得一见的珠穆朗玛峰“夕照金顶”的神奇盛景！站在“世界屋脊”上伸手触摸蓝天，感受那份从未有过的心悸！人生旅途中出现如此一道绚烂景色，是生命中的礼遇！感恩老天眷顾。

这里远离喧嚣，是一块空灵的蓝水晶。世界屋脊——珠穆朗玛峰高傲地把头颅挺起，世界都在她的脚下匍匐。与天对话，那空旷的洒脱，人的精神就会达到纯美的境地。至人无己，神人无功，圣人无名——庄子的逍遥游在这里得到升华！直到此时，你才能真正体会“如果你不能去天堂，请来西藏；如果你来到了西藏，就不用去天堂”这句话的现实含义。

相约珠峰是梦寐以求的愿望。自古以来，“珠峰”这座世界第一高峰早已成为世人心目中的一座神山，象征着超越时空的力量。当相约珠峰的愿望将要变为现实时，瞬间的慌乱与一丝小小的恐惧也随之而来。

有这样一种说法，1000人要去西藏，最后成行的只有100人。100人要去珠峰脚下，最后能成行的仅有10人。所以去西藏旅游占的比例还是很小的，恐惧就是来自高原反应缺氧。没去实践，你根本就不知道是否能行。以前有过爬三四千米海拔的经历，但那是某个制高点的高度，而现在要去的是“世界屋脊”，整个区域都在四五千米海拔，个别高度还要高。我是抱着跃跃欲试的愿望去践行的。

我单枪匹马的西藏之行是这样开始的。2015年6月下旬，自上海（318国道起点，而318国道的终点是西藏）出发，先飞美丽的西部城市西宁，三天后，告别美丽的青海湖，登上了西宁始发拉萨的列车。当天深夜，火车在格尔木加了个车头做牵引，再经过长达22个小时世界第一高原“青藏铁路”天路的跋涉，到达了举世瞩目的美丽高原城市——拉萨。

高原清澈的蓝天，万里无云，阳光特别灿烂，那种天高云淡的别样感受从未有过。阳光下的拉萨火车站干净美丽漂亮，像一颗璀璨的珍珠镶嵌在这高原群山环抱之中。方正朴实的建筑，用红黄蓝白的颜色来装饰，尽显藏地朴华之美。一辆蓝白相间的出租车，一位皮肤黧黑的藏族小伙载着我向市区而去。路上，我见到了远方的布达拉宫，出租车穿梭在陌生的拉萨的街道。我像刚从都市里走出来的现代怪人来到这里，对这一切都充满着无比的好奇。约十来分钟，来到我行前已预订的“平措国际青年旅舍”。之所以选在这里落脚，虽然这里住宿条件一般，但这里人气很旺，你稍有迟疑，订位就会落空。这里全是来自各地的青年旅行者，信息量大，选择面也广，组团也快，设有正规的旅行社天天组团出游，几十条旅游线辐射西藏各地与周边地区。行装甫卸，即积极游走于当地各旅行社。当然，初次踏上这高原之都，心里最想去的就是喜马拉雅山。近年来，攀登珠峰也为部分时尚名流、土豪大腕体现自我意志力之处。

本来也没有期望这次能成行珠峰大本营，来到西藏已经很不错了。但心里想去珠峰大本营的愿望始终没有消停过。还好，在拉萨的头两天我没有急于报名参加其他团，而是先预约隔天参观的布达拉宫。6月27日下午，当我从布达拉宫游览回旅舍，同住的鼓浪屿靓仔告诉我，他已报名去珠峰大本营了。我惊喜地问了他在哪里报名等详细情况。这去珠峰的愿望又重新燃起。翌日一早，我也办妥了四天三晚去珠峰大本营探险团的手续，终于有幸成为当年自4·25中尼边境地震封山闭路刚开放后，第一批赴珠峰大本营探险游17位成员中的一位。

6月29日是周一，入团是在上周五报名的，去珠峰要申请办理“边防通行证”，只能在这天出发前办理。一早，我们同行的驴友都兴致盎然等在了“西藏自治区边防局”门前，等待随行的导游兼司机给我们办“边防通行证”。时近中午，我们一行的“边防通行证”全部办妥可以向珠峰进发了。我注意到那张通行证的总名单上，我名列在第一位。这时我也注意到我们这辆车上13个人，女性占了6人，如除去司机（男性），不算旅行团成员，那车上的男女之比正好相等。要知道这是去五六千米海拔的珠峰大本营，说明当今时代女性确实不容小觑，“女汉子”在去珠峰的路上也不甘落后，强势得让人刮目相看。

再次踏上318美丽的国道，小巴蜿蜒沿着时而湍急奔涌、时而宽阔平缓的西藏母亲河——雅鲁藏布江畔奔驰着，两旁青山绿水、崇山峻岭的风光景致美不胜收。

从拉萨到珠峰脚下700多公里路程，沿途观光游玩，所以一天是赶不到的。黄昏时分,我们到了西藏第二大城市日喀则,入住日喀则市党校招待所。一路上,我们见到了拉萨到日喀则的火车。这西藏的两大城市通火车是最近的事,也是向西藏解放55周年献礼的大工程。有了火车,两大城市当天就能来回,确实便利了许多,这标志着西藏的一大飞越发展。西藏解放都过半个世纪了,我才刚踏入这举世瞩目的“世界屋脊”。想想,多少也算个走南闯北的旅行者,够落伍的,步了数百万游客之后尘,才来到西藏。又想起前年在古镇凤凰见到的广告语:“等你一千一百年啦!”现在才来,错过了,真是一生的遗憾。

翌日,晨起,在党校小食堂吃了早餐后就匆匆赶路。来到西藏的这两天,天出奇地好,每天蓝天白云,气候又凉爽。在离开日喀则时,我们来到了一家登山用品的租售商店,驴友们纷纷添置了登山的必备用品,包括氧气罐、棉衣、口罩、棉帽,还有加厚的睡袋等,配备最多的是氧气。而我一样都未配备,连氧气我也没要,只是想再考验一下,看一下身体的适应状况。

出了日喀则,一路上的边防检查站不少,每到一个检查站,人员和车辆分离,接受荷枪实弹的边防军检查。全车游客下车,去检查站依次刷身份证件,登记完毕,继续上路。在通往珠峰的路上不少于五次这样的检查,也多次见到检查站墙上所书“保家为国,戍边光荣”的字样。下午两三点时,我们踏上了一条碎石荒路,见到了那块标有“珠穆朗玛峰大本营”藏汉双语的指示牌,伙伴们欢呼起来,纷纷在这块指示牌下拍照留念。据司机说,见到此牌后,到珠峰还有最后的约100公里石路,且路途坎坷,需五个小时。司机催促大伙上车赶路,争取在天黑前赶到。在车上，司机也郑重其事地告诉大家，现已进入高海拔地区且路途颠簸得厉害，如在行进和居住珠峰大本营期间，只要有团员身体不支，突发疾病，我们将结束一切行程，以救人为先。这样的告示得到了大家一致认可。同时，多少也给我们到达终点行程蒙上了一层阴影，我也在心中默默祈祷，但愿大家平安无事，实现各自最大心愿，平安到达珠峰，能见到向往已久的珠穆朗玛峰。

经历了最后一段历时五个小时荒滩石路的颠簸，终于在晚上八点左右换得了眼前珠穆朗玛峰的壮观震撼的身影。只为这一眼，一切的辛苦都值了！一车驴友狂呼，震耳欲聋，呼喊声像离弦之箭直飞珠穆朗玛峰，在空旷无际的山谷中回荡。到了一较空旷的碎石平地，有几十个连排的帐篷，帐篷前有牌标名称和编号。我们知道，这就是珠峰大本营了。火速拿了行李，进了司机指定的一家帐篷，扔下行李，背上相机，走到空旷处，对着眼前在日落余晖中已涂上一层亮丽金色的珠峰狂拍起来，怕它刹那间会消失。刚刚还是白雪皑皑的珠峰，瞬间呈现在我们眼前变成难得一见的“夕照金顶”。当这世界上最高的一座山峰就矗立在我们眼前时，是值得引以为傲的。此时的珠穆朗玛峰顶端熠熠生辉，宛如一座巨大的金字塔插入天穹，更有一副睥睨众生的气魄，令人仰目敬畏。

世界屋脊——珠穆朗玛峰高傲地把头颅挺起，世界都在她的脚下匍匐。

一阵狂拍后，大家才感到有些冷，在回帐篷前一小段路上，我注意到，在这珠峰脚下，周围均无人居住。我想，大概有两个原因吧：一是考虑环保，尽量保持原生态不被破坏；二是这里也根本无法适合长期居住，气候寒冷，不毛之地且交通不便。这珠峰大本营连排的帐篷都是由藏民开办的一个个小旅馆，夏天旺季时营业，接待来自世界各地的探险爱好者。冬季息业下山。我们回到帐篷才感到有些暖意，帐篷中央火炉里干块状的牛羊粪正发出呲呲的爆裂声。中年藏人洛桑是我们这两间帐篷旅馆的老板，与我们各位一一握手。他中等个，脸上有着较为明显的“高原红”。他告诉大家，火炉取暖到十点结束，如需继续取暖，须付费一百元一小时，因这里的燃料牛羊干粪来之不易。火炉旁堆积了不少干牛羊粪饼燃料。我环顾了一下，帐篷里有十几个床位，沿着帐篷边绕了一圈，中间紧挨火炉有个木台，台上放着一些待售的当地工艺品，主要有藏刀、银器、锡壶与佛珠兽牙类等雕饰品，放了满满一桌，有些做工精巧，独具匠心。

近晚上十点，我们才吃到藏人洛桑小老板煮的“藏面”。每人仅一小碗，面上有几小块指甲大的炒鸡蛋。“藏面”与“汉面”没什么不同，大概只是青稞与小麦的区别，还有就是高原沸点的区别。由于沸点的原因，面条有些沾牙，要不是有些饥寒，这面条肯定不受欢迎。两三口就将这价值20元的面条下肚，也算在珠峰下吃过一碗由藏人烹饪的“藏面”。此时，有同伴呼喊我们外出赏月。我快步走出，月亮已经爬高，变得稍远、较小，有些月晕围绕着它。但月圆且明亮，看了日历才知今是月半。此时，月光清澈明亮，洒在这5000多米海拔的高原大地上，寒风在轻轻地吹拂，四处静悄悄的，什么声音都没有。

饭后，安排床位时，才发现少了三位团员，检查后，知是三位男青年不在住地，领队打电话没讯号，在等了半小时后，领队请求洛桑帮助。因这里地处边境，又是荒山野岭，高海拔，找人更为急切，大家都紧张起来。洛桑穿上外套,戴上手套,去发动停在外面的山地摩托车,我想借机与他一同前往寻人,顺便观赏这珠峰下的夜景。他们硬是不让我与之同行,要各位团员好好休息,不要离开住地,这里有野狼与其他动物出没,不熟悉环境,容易遭到不测。过不久,洛桑回来了,他告之,在三四公里处发现他们三位,现他们正往回走。一场虚惊结束。

由于人多,这间帐篷挤不下,我与司机等三四位去另一个边上的帐篷。约一两个小时后再次走出帐篷,外面已经漆黑一片,高高的月亮被浓云遮住,那些形状怪异的云,时而像万马奔腾,呼啸而过;时而又像怪异的图像,舒卷放大,直至消失;时而有些光亮,时而又漆黑一片。大风正卷起地上的沙土,一阵冷颤。夜幕降临,抬头仰望夜空,浩瀚的宇宙无边无际,珠峰那模糊庞大的身影,也只占天穹一角。身旁这在五六千米高海拔的几十个帐篷的珠峰大本营,也只是大山峡谷中仅有的一小堆轻微建筑物,是如此地柔弱渺小。

夜,一低再低,抚摸着这高原上的峰峦与每一块石头。在这深夜里,印度洋晦涩的海风会将思念填满,只剩下今夜珠穆朗玛峰的月亮在独白。处在这黑暗包围中的我,更像一颗天地宇宙中微乎其微的沙粒。这颗小小的沙粒,今晚也终于攀上了珠峰的胸膛,再有三分之一的高度就能到达世人瞩目的珠峰峰顶,而在这三分之一的人类极限生死之间,有数以千百计不畏艰险而敢于探险的勇士却永远葬身于这茫茫的峡谷之中。自然是浩瀚无际的,引以为傲的是人类为未竟的大自然探险的脚步永不停息……

睡前,洛桑和另一位藏人来到我们帐篷。接着,我们又聊起了登珠峰的话题。洛桑告诉我们,登珠峰不仅要有良好的身体与心理素质，还要配备一定的经济实力。目前，登顶需每人30万左右，不包括其他器材和特别人员的配备。要培训，要等待良好的天气状况，反正花费六七十万到100万，也不一定能帮你登上珠峰，还要看各方面的情况综合在一起，才能完成这一壮举。登临珠峰的热衷话题，最终在渐渐袭来的睡梦中迷离消散，暂且成为我们可望又不可即的愿景。

我知道，这珠峰脚下的夜晚肯定非同一般。果不其然，整整一个夜晚辗转反侧不曾入睡，也许是高原反应，抑或难以平静的心灵。静听珠峰峡谷狂风怒吼，时而还夹着豆大的暴雨。在狂风中的帐篷似乎摇摇欲坠，随时会被掀翻，拔地而起，我们会裸露着睡在野外。帐篷的各处都发出不停息的“噼里啪啦”被狂风奴役的惨叫声，帐篷岌岌可危，有瞬间被摧毁的可能。好不容易熬到清晨快六点了，我摸索着打开手机电筒，发觉其他几位都酣声平稳，睡得正香。我走出帐篷，一阵冷风袭来，不寒而栗，天有一丝光亮。我沿着一排帐篷往远处走去，回头望一眼昨夜近在眼前的珠峰，此时像变魔法一样毫无踪影。天空浓云密布，大雨就在眼前。我往前拐弯，又走了一段路，才见到一孤单小房独处在高坡上，我知道那肯定就是驴友们说的茅房。要说明的是，这里很注重环保，厕所远离游客居住区域。

回帐篷后，几位驴友也相继起床了。司机去另一帐篷吆喝着其他驴友们起床，大家三三两两也顾不了洗漱，上了停在帐篷不远处的小巴，我背着较沉的摄影器材也上了车，此时，一场豆大的冻雨下了起来。本来我还想如果天气晴朗的话，是否恳求司机在大本营多待一会，去看看那神奇的珠峰日出。可逢这样冻雨的清晨，我那奢望也只有随风而去。司机却好像颇解人意，说，我们下到半山腰有个寺庙，如天晴,回望珠峰也是最佳角度。我与站在帐篷外的洛桑双手合十道:“扎西德勒!”我不知是否还有机会再来这里。虽然在珠峰大本营仅待11个小时,就匆匆而别,但它的精彩惊奇却永生难忘。它是我有生以来到过的最远最高海拔的地方。我也与驴友们一一问早安,大家都一脸的疲惫,但值得庆幸的是,除了几位稍感头痛外,大家都相安无事。

珠峰终于没有像昨晚那样,将她惊艳美貌与诚挚热情呈现给我们。我们在珠峰大本营这一个夜晚是我人生所有旅途中最值得回味的一个夜晚。睡在那样的海拔高原,住在那样接地气的泥地帐篷里。更有意义的是与珠峰为邻,与印度洋呼啸的海风作伴,这是人生迄今为止,唯一一个精彩纷呈、动人心魄的夜晚。

下山,过了那寺庙,雨还是陪伴着我们,天空阴沉,毫无转晴迹象。回望珠峰方向,只见一片阴霾里交叉着密集的雨丝,珠峰连影都不见。

我们沿着来时的原路先回到检查站,往另一条路去日喀则。下了高海拔,不久,天空转晴,一路上也玩了不少景点,所到之处,驴友们都大声欢呼,面对如此美景,只有赞不绝口。夜宿日喀则。

第二天清晨上路,湖光山色围绕着我们,我们像在天堂里穿梭遨游。在湖边穿戴整齐、梳妆打扮过的美丽的牦牛,是湖边一道亮丽的风景。还见到了大个的藏獒,在主人的驯服下,与游客合影显得颇为温顺。

中午时分,我们在湖边的一座饭店用午餐,大伙都知道用完这餐,傍晚前回到拉萨,此团就解散了。有人提议,为此团最后一餐加菜,以示庆祝,大家一致响应赞同。一条300多元的名贵藏鱼就端到了我们桌上,大家把酒言欢,庆贺圆满完成珠峰游,有人还建议我设微信群聊，大家能保持联系。不容推辞，我以“穿越珠峰”为群聊名，将14位来自各地的朋友融入圈中，至今，大家还不时在群聊中言及藏地之行，不无感慨。

午餐后，晴空万里，我们来到羊湖游玩，这里距拉萨不到100公里，藏语意为“碧玉湖”“天鹅池”，与纳木措、玛旁雍措并称西藏三大圣湖，是喜马拉雅山北麓最大的内陆湖泊，湖光山色之美，冠绝藏南。位于雅鲁藏布江南岸、山南浪卡子县境内。湖面海拔4441米，东西长130公里，南北宽70公里，湖岸线总长250公里，总面积638平方公里，大约是杭州西湖的70倍。

马年转山，羊年环湖，这是西藏当地的习俗。今年正属羊年，我们就转起羊湖来。你不可想象，在如此高海拔上有这么一个大湖。只一眼就看呆了，高原的湖泊静静地躺在眼前，缓缓绽放着生命深处最静谧的安详，蔚蓝的天空纯净得没有一朵云彩，湛蓝的湖水没有一丝涟漪，天际边点缀着几座巍峨的山峰，如梦如幻，像是游走在梦境中。湖水清澈似一面明镜，映照着碧空，几只小鸟飞过，湖面上都会留下它们的倩影。在羊湖与纳木措湖都见到了那些虔诚的藏民，一人或两三人，有的还手中转着经筒念念有词。而后，我在纳木措湖见到一位腿疾的老者把单个的拐杖背在背上，弃之不用，却拖着一条残腿，虔诚地三步一个匍匐五体投地的叩拜，令人深感信仰的至高无上与巨大动力。为他的真诚祝福！

每到羊年，藏区各地的百姓和国内外旅游者来到藏地的三大圣湖开始漫长的转湖，少则乘车转两三小时，多则徒步十天八天，以寻求灵魂的洗涤。在蓝天、白云、阳光、湖水的衬托下，形成一道道靓丽风景线。

在海拔5190米的纳木措湖畔的石碑上，还见到藏族情王、诗人仓央嘉措的诗：

那一年
磕长头匍匐在山路
不为觐见
只为贴着你的温暖
那一世
转山转水转佛塔
不为修来生
只为途中与你相见

在斯米拉山口（海拔约4600米），我请一长挂经幡，五颜六色的经幡上密密麻麻写着如豆经文。藏族小贩说，写上家人名字可祈福。我只字未落，面对如此圣洁的天空，家人朋友永记心间，何须如此赘言。已足矣！我高擎跨越公路两侧的经幡，看那经幡慢慢升起，五彩经幡像一条彩虹迎风飘扬在这清澈的天域里，同时，也永远飘扬在我的心间！

游历了珠峰大本营，抬头见了喜马拉雅山高仰的头颅，环羊湖、纳木措，逛日喀则，饱览藏地沿途神山圣水的绝妙风光……

回到拉萨
回到了布达拉

回到拉萨

回到了布达拉宫

在雅鲁藏布江把我的心洗清

在雪山之巅把我的魂唤醒

爬过了唐古拉山遇见了雪莲花

牵着我的手儿我们回到了她的家

你根本不用担心太多的问题

她会教你如何找到你自己

雪山青草

美丽的喇嘛庙

没完没了的姑娘就没完没了的笑

不知为啥,那圣水风光,那天域高原,那虔诚环湖的藏人、大昭寺里袅袅的香烟,还有那美妙的歌声时常萦绕在眼前与耳旁,仿佛又置身于那水晶般的天域。还在回味那句“如果你来了西藏,就不用再进天堂”!我庆幸有生来了西藏,将来如有幸再去虚无缥缈的天堂作一比较,那就更加完美!

感慨的是人生,是自然万物。留恋的是青春,还有诗和远方!

西藏,喜马拉雅山,雅鲁藏布江,珠穆朗玛峰!

扎西德勒!

2015 年 7 月初稿于拉萨

2016 年 5 月再稿于澳洲

# 目　录

## 专访篇


觐见两位教皇的中国画家…………………………………… 003

拜谒傅雷旧居………………………………………………… 016

忆岳父围棋二三事…………………………………………… 024

漂泊二十载　名画终回家…………………………………… 030

我的抗战

——写在纪念中国人民抗日战争胜利 70 周年之际 … 039

一位先锋派诗人的绚烂、沉寂与蓄势再飞

——诗人慧子专访……………………………………… 043

大千世界的不朽画卷

——《张大千演义》作者王业法访谈 ……………… 050

走过文明与抗争的瞬间

——写在“Lindt”咖啡屋重新营业之际 ……………… 056

我家夏洛克…………………………………………………… 060

## 谈艺篇

越过山丘,时不我予的哀怨 …………………………… 071
收藏是对那段历史的眷恋…………………………………… 076
镜头里恣意张望……………………………………………… 080
酒是编织文学梦的催化剂…………………………………… 087
童年趣事……………………………………………………… 090
看电影………………………………………………………… 096
世界奇观
——中秋偶感…………………………………………… 103
在新常态下“美丽乡村”编辑工作指导与探索 ………… 105
春天的童话…………………………………………………… 109
哑与不哑……………………………………………………… 112

## 出游篇

艺术与梦幻交织的布拉格…………………………………… 117
迷人小镇　缥缈梦幻
——捷克小镇卡罗维发利记游………………………… 126
那年初夏在拉萨……………………………………………… 132
两亿年前的幸福种子发了芽………………………………… 145
导游的魅力…………………………………………………… 149
一出玉石秀…………………………………………………… 154
一日穿越千年………………………………………………… 160

西行漫记…………………………………………………………………… 163

## 美食篇

寒风中的尤物……………………………………………………………… 181
难忘那碗肉丝菜汤面……………………………………………………… 184
当玫瑰遇上汤圆
——写在 2014 元宵情人节 ……………………………………… 188
扰人大闸蟹………………………………………………………………… 190
秋雨点石斋………………………………………………………………… 195
一碗风姿绰约的上海小馄饨……………………………………………… 201
南翔食色之行……………………………………………………………… 203
河南的面食与羊肉汤……………………………………………………… 206
澳洲生活杂谈……………………………………………………………… 209
期待下一个穿越追梦之旅(代跋)………………………………………… 218

# 专访篇

# 觐见两位教皇的中国画家

每次走过悉尼街头人头攒动的教堂，悠扬的管风琴伴着“哈利路亚”赞美歌声飘逸而出时；当路边风格各异的小花园里火焰般的圣诞红树花在微风中亭亭玉立、竞相开放时；当人们相会在五彩缤纷的圣诞树下，穿梭于欢歌笑语的不同种族、不同形式的圣诞聚会时，我却为一位华人画家的传奇故事而深深吸引。此刻，我正坐在画家沈嘉蔚的画室里，被五颜六色、大小划一的画幅所包围，伴着一壶袅袅升腾起沁人心脾清香的龙井，聆听画家被两位教皇接见的动人情景。两个异教徒、无神论者的中国人在异国他乡、在这万众欢庆的圣诞之夜，大谈修女、教皇、梵蒂冈等与宗教紧密相关的话题，用这样非同寻常独特的方式来迎接圣诞。

就这样，2015 年圣诞在我们意犹未尽的话题中，悄无声息地向我们走来……

沈嘉蔚是一位极富绘画艺术天赋的写实派肖像油画家。一位中国画家能受到两位万众瞩目的教皇接见，实属罕见，可谓前无古人。教皇是享有世界六分之一人口的宗教领袖，教皇的信徒遍布世界各地，其影响力远超一国地域之元首。1994 年，教皇约翰·保罗二世来澳洲，轰动了全澳，几十万信徒从澳洲及世界各地赶来，就是为了远远见他一面。2015 年 9 月，新当选的教皇方济各访美，呈万人空巷之盛景，逾百万的信徒从各地蜂涌而至，彻夜守候在费城的独立广场，就为聆听他的教谕。由此可见，教皇影响力之神奇与深远。

这两位神奇人物怎么会与非教徒的华人画家沈嘉蔚有一面之缘？

沈嘉蔚在中国美术最高学府中央美术学院修业深造后，屡创佳作，得奖无数。为搏得更为辽阔自由的天空，1989 年，他两手空空，怀揣着仅有的 45 美元，凭绘画一技之长，来到了澳大利亚。没人知道他曾经拥有的光环。在悉尼风情万种的达令港，他给各国游客画肖像，仅凭微薄的收入还债糊口，从此拉开了他在澳绘画生涯的序幕。餐风露宿，整整蛰伏五年，画了几千张世界各民族的肖像，积累了相当丰富的人文资料。

1994 年，他的一幅油画《澳大利亚的玛丽·麦格洛普》，一炮而红。机会终于垂青有准备之人！

“我在澳洲的第一个转折点是在 1994 年。虽然这之前，也有多幅作品入围澳洲阿基鲍尔美术大赛，但没有这幅画有那么大的轰动效应，竟然还惊动了教皇，这是我始料未及的。当年 8 月，澳洲政府和教会为纪念澳洲一位为平民办学、创办修女团的修女玛丽·麦格洛普，特别设立了艺术大奖。封圣仪式是在 1995 年 1 月 18 日举行，教皇约翰·保罗二世为此事要专门到澳洲待 38 个小时。这个大奖设一、二、三等奖，就是让大家来画这个修女。我一看是历史画，就非常认真。找来很多资料，用了三周时间画完了。它叫《澳大利亚的玛丽·麦格洛普》，我创作于 1994 年。”

“后来，我接到一个电话。有人告诉我，说我这张画得奖了，得的什么奖不能告诉你，1 月 18 日你来出席开幕式。我一去才发现，我的画已经印在目录的封面上。我就知道肯定是一等奖。这一天，澳洲所有的主流媒体都来了。他们告诉我，第二天我还要来见教皇，交一张照片。第二天我过去以后，看到教皇转了一圈，最后停在我的画前面。事先，一个朋友教我，见到教皇要说‘我很荣幸见到你，教皇陛下’！我就把这句话背下来了。可是，教皇离我一米多就停下了，对我说，Chinese？显然，他已经听人汇报过了，而且知道我不是天主教教徒，因为教徒见到教皇要跪下来。然后，他跟我握手。我赶紧背出了那句话。然后，他让我介绍了这张画的故事，我就给他讲了讲。随后，他向后面的红衣主教做了一个手势，红衣主教塞给他一个小盒子，他把盒子给了我。后来我发现，这里面是一枚金质纪念章。这一巨大的成功是我澳洲生涯的转折点，使我立即从街头画家跃升为媒体关注的人物。两万五千元奖金也使我摆脱了经济困境。”

沈嘉蔚说道：“那天，你不是也来了吗！”

时光倒流到 1995 年的 1 月 19 日早晨，悉尼动力博物馆的广场上一早就已人头攒动。这天，保安戒备森严，这样的保安场面也是我在海外不多见的。时近中午，一阵阵此起彼伏的呐喊尖叫声，震人耳膜。循着众人眼光看去，只见一袭白袍、白帽的教皇约翰 · 保罗二世正坐着那辆改装过的轿车缓缓驶来。他下车后，蹒跚着从我眼前十几米的地方经过，进入展厅内，为画家沈嘉蔚颁奖。我只能远远地望着他们，照了几张像，配了文字，第二天就在报上发表了。

沈嘉蔚又说道："教皇到悉尼对于天主教徒来说是一次千载难逢的机会，这天，在附近的悉尼跑马场聚集了几十万人。我与他分享了一分钟，几乎世界所有的报纸全都报道了，并刊出了照片。在闪光灯下的我一下子似乎变成很重要的人物。有趣的是，电视台当时都拍摄了，但是都只播到我和教皇握手之前，我的话出来了，人没出来。法新社记者和我谈了一会儿，他们报道了我也不知道。还是《曼哈顿的中国女人》作者周励，后来把这张报纸寄给了我。这篇报道很有趣，作者在最后说，'罗马教皇把这个奖授予一个无神论的中国人，这件事情本身就体现了多元文化的意义。'"

"我一直铭记与教皇约翰·保罗二世相会的这一分钟。我佩服教

1995 年 1 月 19 日，教皇保罗二世在悉尼接见画家沈嘉蔚

皇的为人，他曾去监狱看望刺杀他的凶犯，鼓励凶犯正确面对人生，使凶犯饮泣感恩。2008 年，我去罗马特地在他墓前长跪致哀。”

我认为画家凭借油画《澳大利亚的玛丽·麦格洛普》缜密的构思、娴熟的历史画特长，巧妙地运用了长途马车、土著民族、海鸟这些独特而又经典的时代元素与修女的完美结合，在绘画高手云集的澳洲绘画艺术圈里，犹如一匹狂野的黑马杀出重围，奔向原野，一鸣惊人，确立了他在澳洲绘画艺术界的地位。从这一画面上，我们似乎可以读出：修女玛丽坐在吱呀颠簸的马车上，不辞辛劳，长途跋涉，来到了一个又一个荒僻的小镇与遥远的村落，将主的福音带给人们，将神的关爱洒向人间……

非常有意思的话题是，一个非教徒、一个无神论者，在澳大利亚的绘画生涯成名开篇就凭这幅宗教修女历史画一炮而红。这是画家本人都始料未及的。而更神奇的，他是怎样续写与新教皇方济各的故事呢？

“这是命运使然。”

“时隔 15 年后，修女玛丽正式受封为圣徒。我当年的获奖作品画片悬挂在澳大利亚驻梵蒂冈大使的办公室里，面对大使的办公桌。大使约翰·麦卡锡非常喜欢这件作品。2014 年，正逢澳大利亚与梵蒂冈建交 40 周年，2013 年 3 月罗马教皇方济各履新，大使萌发即将来到的澳梵建交 40 周年时请这位画家为新教皇画幅肖像作为官方礼物这一绝妙构想。他开始尝试初步实施该计划，但苦于不知道怎样才能找到我。也许这就是上帝的安排。当年 5 月，一位从澳洲来到罗马访问的教友去看望大使，这位教友正好是我居住的萨瑟伦郡公立美术馆董事会主席，叫拜伦，他认识我十多年了。正是踏破铁鞋无觅处，得来全不费功夫。大使与拜伦谈了有关画画的想法。美术馆主席就在大使的办公室里发电邮给我，与我谈了如此构想，因未有政府预算计划，所以首先问我是否愿意以捐赠方式来画这件作品？但同时，大使会与教会方面联系赞助方，能提供给我与夫人从悉尼去罗马的来回机票以及在罗马食宿并出席与教皇的会见仪式。我立即回复同意。大使非常高兴，便正式启动这项工作。另告我，他还要征求教皇本人的意见。”

“你当时的心情如何？”

“我当时也十分激动，这位教皇来自拉丁美洲切·格瓦拉的祖国，很接地气，我非常愿意画他。”

“接下来的过程等了很久，因教皇刚上任，十分繁忙。此时，教皇也相继收到来自美国与欧洲的多项要为他画像的申请。十分幸运的是，只有澳大利亚的这个申请与众不同，是捐赠的，因此得到教皇的赞同。当年7月底，教皇在从巴西返回罗马的飞机上同意了澳大利亚的此项申请。同时，他表示，他本人无法直接让画家写生，但可以开放教廷的资料库供画家任意挑选他的官方摄影师拍摄的照片来创作肖像，他又希望将他与不同的普通人群画在一起。”

从教皇方济各遴选肖像画作方案的过程中，突显了教皇的亲民与不采纳铺张动用一国的财政资金来实施为己画像的品德，也体现了澳驻梵大使麦卡锡将作画最初方案确立为捐赠是高明的。正是此举从众多同类方案中脱颖而出，获得成功。

“此时，你才感到新教皇的肖像画已非你莫属。”

“是的。因时间紧迫，我将其他在画的画作与一些事务全部搁置一边，全身心投入到教皇肖像画的创作中去。拜互联网所赐，我立即从梵蒂冈发来的成百上千张照片库里找好了照片。也同时从google上找了大量的教皇接见教众的照片，挑选组合到背景里。当时，计划9月初这幅画要运往罗马，因此我在三周时间里必须画完，留出十天干燥期。时间非常紧迫。”

“教皇肖像亮相后，赞美声一片，谈谈你对此画的构思。”

“我的构图是重点刻画处于阳光照射下的教皇方济各在吉普车上（车身在画外，看不见）向大众招手，展开双臂，形成十字架形。身后是处在阴影里的各民族的民众在欢呼。教皇的名字来自他崇拜的圣方济各。圣方济各有个著名的传说，是他向群鸟布道，所以我在画面上安排了一些飞鸟，最终画了四只鸟。”

“据说，你还将你女儿头像画进画里？”

“是的。我刚说的画中之鸟，其中一只澳洲鹦鹉停在一个女孩肩上，是我直接使用我女儿与鹦鹉的照片画到画上的。她不是天主教徒，但是教皇方济各受到大量非基督徒、包括我一家人的敬仰。所以她代表了我。”

“油画绘制非常顺利。我调动了自己多年积累的经验，每一个程序都确保不犯错、不返工，一直做加法。此时，地区艺术馆主席拜伦已经返回悉尼，他常来观看此画进程，惊叹进展神速。”

“据我所知，此画在澳洲率先发布与你最终亮相的是两个版本。”

“是有这回事。因此画在截稿的前一天，拜伦来时拍下了照片。而最后一日，我收到大使寄来的一本教廷挂历，其中一张照片呈现了一只白鸽正要降落到教皇肩头，我在画中画的第四只鸟就是这只白鸽，但我用的是另一张照片，清晰度与动势不如挂历上的这张。于是，我在最后一天决定将白鸽重画，改动了画面。拜伦手上这幅画改动前后的照片都有。教皇接受赠画新闻公布后，他误将改动前的照片发给了教会，后广为传播，更正已经不可能了。”

“这样的插曲还是很有意思的，至少充满了一些神秘色彩。”

“还有其他插曲呢。我按时完成了作品，图片传给了大使与教会，均极受肯定与欢迎。但此时，澳洲政坛发生了变动，自由党赢得大选取代了工党政府，百事待定。庆祝澳梵建交的日程被无限期推迟。我的作品《民众的教皇》已经安好了外框，一切就绪，被悉尼最大的天主教堂圣玛丽大教堂妥善保管起来，我也无法揣测它的结果。”

“直到 2014 年 2 月，拜伦通知我澳洲政府已将澳梵建交 40 周年庆典提上了日程，计划由马上要上任的澳洲联邦新总督带团出席梵蒂冈庆典暨赠画仪式。于是，立即安排我们夫妇与他们夫妇一同去圣玛丽大教堂与即将上任的新总督会面，他要看看这幅作品。会面后，准总督对画非常满意。当时准总督是澳洲天主教大学（ACU）的校长，同时得知，我们去罗马的行程全部开销由该校承担，这是澳洲天主教会枢机主教乔治·佩尔领导的校方董事会决定的。”

“一波三折，总算到了 2014 年 4 月，新总督已经上任。乔治·佩尔大主教也已奉召到梵蒂冈出任教皇统揽财经改革的重臣。25 日我与太太王兰登上了（ACU）为我们安排的中国国航班机，先飞北京，次日换机，再飞罗马。在北京停留 7 小时，我们得以回家，探望了王兰 99 岁的老父亲。”

梵蒂冈，位于意大利首都罗马西北角高地，是一个四面与意大利接壤的内陆城邦国家，为罗马公教会最高权力机构圣座的所在地，也是教宗驻地所在。作为世界六分之一人口的信仰中心，同时又是世界领土面积最小、人口最少的国家。其前身为教皇国，自 1929 年起，以"拉特兰条约"确定为主权国家，接受圣座的直接统治，实施政教合一的政治体制。虽然梵蒂冈在地理上是个小国，但因天主教在全球信仰人口众多，使其在政治和文化等领域拥有美国、中国、俄罗斯一样重要的影响力。

4 月的梵蒂冈，春光明媚，繁花似锦。26 日晚间，画家沈嘉蔚偕太太王兰等一行，在由澳洲联邦参议院院长约翰·豪尔为团长（新总督由于事务繁忙无法出行）的带领下抵达了这美丽的宗教之国，开启了澳梵建交 40 周年庆典序幕。

"我们入住澳大利亚天主教会在罗马古城内拥有的小型宾馆 Domus Australia，意即澳大利亚之家。在罗马的两周，我们吃住均在此。我们期盼着与教皇的早日相见。"

"据说，还是有始料未及的意外发生。"

"是这样的，觐见教皇已确定在 28 日早上。而我太太王兰 26 日晚出罗马机场时，就没有取到她那个行李衣箱，被告之，下班机（27 日）运到。27 日是星期天，罗马机场相关部门关门。箱子在傍晚运到，但无法取出与送来。想不到坐头等舱，居然也会发生此事。那衣箱里放着她那一身精心挑选待觐见教皇时穿的衣裙鞋子。为解决这燃眉之急，她不得不去了宾馆附近的火车总站的周末摊位上，花 30 欧元，买了一身临时凑合的行头。会见教皇的照片上这身装扮定格在历史上，那套精心挑选的行头，因在罗马机场的行李房里，就与这次历史性会见失之交臂。那个衣箱在见过教皇后的下午送来，晚上的庆典晚宴上，她才换上这套事先准备好的衣服。”

“一波未平，一波又起。我的嗓子由于时差及找行李耽误了睡觉，以致于见过教皇后突然失声，一句话也讲不出来。这是我生平从未发生的事。晚上庆典时，我无法讲话，连梵蒂冈电台的采访也无法进行。”

“大凡重大事件中，总有一些难以预料的事会发生。”

“28日清晨，我们在餐厅早餐后，立即由使馆派车来接走。汽车开到梵蒂冈城墙外的一个典雅的饭店，澳大利亚代表团的人员在此集合。不久，大家分别上车，车队沿城绕了半圈，可以俯瞰罗马全城。车由一个城门开入，瑞士卫队士兵核查后予以放行。我们步入圣彼得大教堂的右侧的大楼，进门，上楼进入一个大厅，这里是教皇接见厅。这时，我看到我的那幅《民众的教皇》被安置在一个画架上，占据大厅一角，画后面的墙上，有圣彼得的头像。大家沿画与墙一列排开静候。不久，约10点半光景，身材高大的乔治·佩尔大主教陪着身穿白袍的方济各从门外步入。教皇容光焕发，热情地与我们一一握手，大使在旁一一介绍。然后，他站在画前看画。他应该见过此画的照片，但一定是第一次见到油画原作。他说了一个单词发音与英语‘copy’相近：‘拷贝呀！’所以，我马上明白他说是画得像极自己的意思。他的注意力又转向画中那只将要停落他肩头的白鸽，十分高兴地说：‘柯隆巴！’翻译告之是意大利语的‘白鸽’。白鸽，在天主教里有圣灵的喻意，十分圣洁高贵。”

“随后，他举手低头，为此画祝福！大使说，请您也为大家赐福，他便转过身来为在场众人祝福。然后，由摄影师为大家一一合影，众人都以画为背景与他合影。此时，豪尔议长发现画中教皇的右手恰好似乎在抚摸画前合影人，便招呼人们站到那个位置。合影毕，教皇便告辞离去，他的日程非常紧。第二天听说，他在昨日下午有点空，一个人来到接见厅，想好好再看看画，不料，因傍晚在另一处要举办庆典，此画已被移走，他扑了个空，有点扫兴。”

“后来，这幅画被永久悬挂在梵蒂冈花园内的教皇科学宫内迎门的位置。”

“觐见过程很精彩，可以看出你的画是这次澳梵建交 40 周年庆典的一项主要内容。”

2014 年 4 月 28 日，沈嘉蔚在梵蒂冈觐见教皇方济各

“我非常荣幸地见证了这次难忘的澳梵建交40周年庆典全程。”

“当天下午，在梵蒂冈城内、圣彼得大教堂后面的圣玛丽亚教堂内举行了高规格的弥撒，作为庆典的主要部分。白色调的大厅披上了盛装，金碧辉煌。合唱队在楼上，看不见人影，还有管风琴。大厅中间过道左侧全都是教廷神职人员，右侧是澳大利亚代表团（从团长约翰·豪尔至每个成员，除了我们之外，全都是天主教徒）及其他人员。我们坐在第二排，很靠前。圣坛上，主持弥撒的是教皇以下教廷的第二号枢机主教，相当于一国总理。有生以来，我第一次身临其境，在这世界宗教圣地梵蒂冈参加了这样一场气势恢宏、庄严肃穆的弥撒。”

“弥撒结束时，全体起身，排队上前接受主持神父即大主教的祝福并领受圣餐：喝一口象征耶稣血的红酒，吃一片象征耶稣肉的面饼。按拜伦的关照，我们将双臂在胸前交叉，双手抚肩，神父见此状，便明白我们不是教徒，不可以领受圣餐。我还记得，大主教看到我们的姿势后睁大了双眼，十分意外的表情。但他为我们抚顶祝福。傍晚时分，来到梵蒂冈城外，离天使堡不远的一栋建筑亭院旁的大厅，那里一长条白布铺就的桌上放置了丰富的美食。我的画仍在同一个画架上矗立在一角，供各位宾客观赏。使馆秘书挤过来找到我，并引我到画的旁边，与大使站到一起。此时，主管外交的梵蒂冈枢机主教代表教皇，与大使先后致词庆祝澳梵建交周年纪念，以及感谢我的画作。那晚，我不停地被邀请与宾客在画前合影，唯一遗憾的是，如前所述，我哑了嗓子，无法回答任何问题。”

……

澳梵建交40周年隆重庆典降下帷幕。一个非教徒的华裔画家参与了整个庆典过程。在结束梵蒂冈之行的前一个傍晚，画家沈嘉蔚应乔治·佩尔大主教之邀登上了梵蒂冈内城山坡上的黄色圆形碉楼圣约翰塔，美景顿时让他惊讶！那是占满整个画面的圣彼得大教堂的圆顶、16世纪欧洲文艺复兴时期意大利文化艺术巨匠米开朗基罗的恢宏杰作。大教堂金色的圆顶在夕阳下熠熠生辉，远眺整个圣城无比壮观。画家感慨万千，抚今追昔，浮想联翩。自己也未曾想到在澳的这二十几年绘画生涯里会与天主教会结缘。从第一幅的《澳大利亚的玛丽·麦格洛普》，到第二幅的《民众的教皇》，正好相隔整整20年。一个非教徒时隔二十年的两幅宗教人物画赢得了全球知名媒体关注，更是受到了两位教皇的接见，两位罗马教皇都将这美好的幸运降福于他，这多少让人产生如此联想：是否有神的辅佑？神助灵感？神来之笔？使他在这片天地里如鱼得水，尽情挥洒，屡获殊荣。第二幅画还作为澳洲政府官礼，在澳梵建交40周年庆典上光彩夺目，为澳梵两国长存友谊绘出绚烂之色，画家沈嘉蔚再次成为世界众多媒体追逐的幸运儿，收获满满，深感荣耀。

实至名归的画家是幸运的！引以为傲！但任何幸运、成功的背后都凝聚着艰辛的汗水与执着的毅力。

2015年12月于澳洲

# 拜谒傅雷旧居

甲午初秋，在同窗与近邻曹先生的陪同下，来到离昔日居住地一箭之遥的上海江苏路284弄5号安定坊的傅雷旧居。

对傅雷旧居周边环境是既熟悉，又陌生。我俩的童年、青年时光均在这江苏路附近度过。对江苏路周边可说是耳熟能详，就连整条江苏路上有多少盏路灯、多少个邮筒都了如指掌。昔日的江苏路从南边的华山路经延安路、愚园路到北边的长宁路止，漫步整条不足两公里的江苏路，无须半小时。著名的上海市第三女子中学、江苏路第五小学等均在此路上。江苏路周边汇聚众多文化艺术界名人，有顾圣婴、唐云、李名强、黄贻钧、祝希娟等人。那时的江苏路既幽静，又充满浓郁的人文气息，在这初秋艳阳之时，梧桐遮天蔽日，投下斑驳树影，给这条路更添几分艺术情趣。

几十年光阴似白驹过隙，当海外游子重走江苏路，真别有一番感受。半世纪风雨沧桑的江苏路已面貌大变，还好傅雷旧居没受影响，小洋楼还在。本以为傅雷旧居是对公众开放的一个纪念性博物馆，后来才了解傅雷旧居的现状，令人大失所望。只是听发小曹先生说起，傅雷旧居已易主给他的岳丈居住，这才燃起登门拜谒这位翻译大家旧居的欲望，同时这多少也让我深感唏嘘与始料未及，为此行能近距离感受傅雷而庆幸。

多年前，江苏路加宽了，北边打通，跃上苏州河桥与曹杨路接壤，成了几条横贯上海南北主要交通干道之一。路边的梧桐也感到稀疏了不少。但近愚园路的284弄安定坊旧貌没变，只是幽静大不如昨。弄内5号，铁门旁的白墙上有块“优秀历史建筑”小牌，落款是：上海市人民政府2005年10月。推开黑漆铁门，是个较大的院子，可以停

上海江苏路284弄5号傅雷旧居

放三四辆小车。小门廊上,几条藤蔓下悬挂着两三条长短不一的丝瓜,建筑物门旁黑鹅卵石墙面上还镶嵌着一块牌匾,上书:

傅雷旧居　江苏路284弄5号　1949—1966年在此居住。

傅雷(一九〇八 — 一九六六),江苏南汇(现上海市南汇区)人,是我国翻译界的一代巨匠,杰出的文艺家。曾任上海作家协会理事和书记处书记、市政协委员等职务。

傅雷从一九三三年开始致力于法国文学翻译工作,一生翻译巴尔扎克、罗曼·罗兰等人的文学名著三十二部,其翻译态度严谨,译笔准确优美。抗战胜利后,他积极参与反对美蒋反动派发动内战的斗争,参加筹备成立中国民主促进会的工作,被选为第一届理事。

傅雷在此居住期间翻译了大量文学名著。

上海市长宁区人民政府

二〇〇六年三月

此牌匾中文的右边是英文译文。

我怀着崇敬的心情跟着曹先生进入室内。这是一幢三层的花园洋房,楼下一层原是傅雷一家居住,上面二层由他人居住。现底楼一层,也就是原傅雷一家居住的那套房正好由政府安排给了曹先生的离休老干部岳丈居住。这是一套空空如也的傅雷旧居,几间房空空荡荡,还未摆放家具,感觉空旷苍凉。几十年过去了,这蜡地钢窗还算完好,正南偌大的客厅阳光明媚,面对着绿草如茵的大花园。我在几个房间里轻轻踱步,在这曾经创造过辉煌的文学殿堂里穿梭,感受着那座文学丰碑给过多少人的人生激励与文化情怀，也竭力捕捉寻觅那股近半个世纪还未散尽的傅雷先生的生活、工作气息。

几十年过去了，早已物是人非。可那骇人听闻血腥的一幕还是在我眼前蹦了出来：一九六六年九月二日晚，在腥风血雨笼罩下的傅家，傅雷夫人朱梅馥走进卧室前，吩咐家里的保姆，翌日少买一点青菜。语气平静，保姆看不出任何异样。没有人知道，那一刻的她，已经有了与夫共同赴死的决心。夜色沉沉，秋凉如水，多少回的凌辱与攻击，早已把傅雷夫妇身心击垮。彼此眼神交汇，已经明了共同赴死的决心。傅雷摊开信纸，拿起笔，朱梅馥在身边有时小声提醒几句。有所交代是为了走得清爽，不想亏欠、拖累任何人。朱梅馥坐在床边，不动声色地撕着那条纯棉格子被单，她端庄沉静，像平时整理家务一样，很仔细地做了两个绳索。一人一边，相伴挂在了卧室的钢窗上，并用力试试它是否牢固。担心踢翻凳子时，会发出声音，打扰到邻居，她还在凳子下面细心地铺垫了棉胎。一切就这样安排停当，在这惨无人道的沉沉夜色里，覆巢之下，安有完卵？安定坊里不安定，没人知道今夜的安定坊里他俩一个58岁、一个53岁携手就这样默默地撒手尘寰，去了天堂！

傅雷夫妇不堪忍受社会如此不公而愤然离去，是宁为玉碎、离鬼魅魍魉而去，不为瓦全、苟且屈辱存活。他知道这样的了结是对这黑白颠倒的社会一个最好的回击。那绝对是个悲凉的秋天！

这位在中国乃至世界文学史上赫赫有名的翻译家、文艺家，他里程碑式的泱泱译作是世界的骄傲，更是中国的骄傲。这位早年留学法国，学习艺术理论，得以观摩世界级艺术大师的作品，大大地提高了他的艺术修养。回国后，因不愿从流俗而闭门译书，几乎译遍法国重要作家如伏尔泰、巴尔扎克、罗曼·罗兰的主要作品，数以百万字的译作成了中国翻译界备受推崇的范文，并形成了独特风格。这旧居不仅是造就一代文学巨匠傅雷的成名地，也成了扼杀他含冤英年早逝的葬身地。一位极富旺盛艺术生命力的文学大家在这人鬼颠倒的时代被残忍地吞噬，是世界的悲哀，更是中国的悲哀！

我拜谒过不少名人旧居，有巴金、沈从文、叶圣陶等，但每一次都没有像今天这样，心情如此沉重。在这不可思议的环境中，情绪上是如此的郁郁寡欢，总感到有什么在心上扎了一刀。本该在这里好好感受翻译家傅雷这棵参天大树曾经带来的那些文学上的美好享受，还有更多的是处世与育才方面独到的理念。此时，我无法回想起那些如《罗曼·罗兰》《约翰·克利斯朵夫》《贝多芬传》《高老头》《欧也妮·葛朗台》等这些世界恢宏巨作中的华彩篇章。这里空空如也，见不到傅雷的任何一本著作与一张图片，替代的却总是在这窗框上恍若一张扭曲变形、痛苦不堪的文学家的脸。

走出客厅，踱入花园，此时秋日午后阳光正艳。虽是秋天，那丽日下的草坪还是绿草成茵，围墙边的几棵大树下有几个座椅，小鸟叽喳在树上嬉戏。我百结愁肠地坐在那里，感觉稍好些。

在花园的树荫下，回放傅雷曾经在这树下阅读书写，或在这草坪上，这位严酷刚烈的父亲与孩儿们玩耍嬉笑、享受天伦的情景。《傅雷家书》的那些片段涌上心来：

生性并不“薄情”的人，在行动上做得跟“薄情”一样，是最冤枉的、犯不着的。正如一个并不调皮的人要调皮，而结果反而吃亏，一个道理。

汉魏人的胸怀更近原始，味道浓，苍茫一片，千载之下，犹令人缅怀不已。艺术特别需要冥思苦想。老在人堆里，会缺少反省的机会；思想、感觉、感情，也不能好好地整理、归纳。

而且究竟像太白那样的天纵之才不多，共鸣的人也少。所谓曲高和寡也！同时，积雪的高峰也会令人有"琼楼玉宇，高处不胜寒"之感，平常人也不敢随便瞻仰……

《傅雷家书》这本不厚的小书伴着我从国内到了国外，虽然有好些时日都会束之高阁，染上尘埃，但稍时还能找到。每当拿起捧读时，总会浮现傅雷先生的面容与江苏路上的那幢小洋楼。书中的那些话语虽随时代变迁，而它不改初衷，也能贴近现实人生社会，似乎天荒地老如影随形不变味、不落伍。

傅雷夫妇是中国父母的典范，在他们苦心孤诣、呕心沥血地培养下的两个孩子，傅聪成了享誉世界的著名钢琴大师。傅敏，英语特级教师。他俩的成才又一次证明是傅雷的杰作。他们先做人、后成"家"，是傅雷因材施教等教育思想的成功体现。看似一本小书，却不是一本普通的家书。虽然它没有"烽火连三月，家书抵万金"似的心急火燎，寝食难安。但它潜移默化、深入浅出，循循善诱、谆谆教诲。宛如一棵小树苗，从小就得充分养料的抚育成长，终成栋梁之材。同时，也彰显了傅雷强大的人格魅力与做人的准则。

让傅家后代感同身受的《傅雷家书》中的那句话："赤子孤独了，会创造一个世界。"最后镌刻在了傅雷夫妇合葬的墓碑上。

令人略感欣慰的是，在傅雷夫妇死后 13 年之久，一缕春风终于吹来。1979 年 4 月，上海市文学艺术界联合会和中国作家协会上海分会宣布，为傅雷夫妇在 1958 年划为“右派”与“文革”中所受诬陷迫害，一律全面昭雪平反……

在中国人的眼里，中国整个历史文化进程中，“昭雪平反”这词使用频率极高，几乎是伴随着中国文化发展的整个过程，也是一个“肯定——否定——肯定”的过程。

转眼，已是秋阳滑落，是跟傅雷旧居告别之时了。回望这座熟悉的小洋楼，傅雷英灵不灭，丰碑永存。这不是一次名副其实真正意义上的拜谒傅雷旧居，这里犹如傅雷的躯壳，我只是在里面游荡，什么也没有。

我茫然地站在这华灯初上、车水马龙的江苏路上，心里还在纳闷，崛起的中国，经济总量已排世界第二，令世界诸国难望其项背，早已越过了那段令人不堪回首、捉襟见肘、衣不蔽体的贫穷落后时代，只二三十年卧薪尝胆、奋发图强，成为世界瞩目的经济强国。为什么政府相关部门不能将傅雷旧居规划一下？能将此住宅分配给个人，为啥不能辟为向公众开放的“傅雷纪念馆”呢？这个问题一直萦绕在心间，百思不得其解。经济总量如此强盛的中国与上海，不会为一幢小楼或小楼里的几间房而止步不前。想想那些政府大小机构的现代化办公楼，气势恢宏一掷千金的任性，简直不能同日而语。是否我们有些相关部门的国家官员在这经济大潮中对文化事业变得麻木？传承与发展是不是我们文化的主旋律？

我想一座城市的灵魂与血脉，正是由这样和那样推动历史向前发展的杰出者谱写的，正是因为有了他们，我们的时代与历史才得以如此绚烂与精彩，传承这些文化根基比任何商业化行为都重要得多。我们泱泱大国此类文化事业性纪念馆不是太多，而是太少。在提高全民文化素养的当下，开办这类博物馆势在必行。任何仅从经济上的考量都是短视的，一个经济上的巨人与一个文化事业上的侏儒，是不匹配的甚至是畸形的。建立真正的“傅雷旧居”，向公众开放，才是传播弘扬傅雷严谨治学、育人成才与文学建树诸多方面不朽成就的良好途径，是文化传诵的大好事，是提高全民文化素养的一个方面。但愿下次来这里已是另番景象，“傅雷旧居”不再是仅挂个小牌而已，而应以名副其实的“傅雷旧居”向公众开放。但愿下次能如愿以偿，拜谒真正的、内容充实、富于无限生机的傅雷旧居，让人们了解傅雷的跌宕人生，缅怀这位文学大家在中国与世界文学的传播所作出的杰出贡献。

为此，我们须努力前行。

2015 年 9 月于澳洲

# 忆岳父围棋二三事

2009年，在岳父姚耐（1909—1991）诞辰百年之际，我从澳洲来到了上海财经学院。该院为纪念老院长姚耐而矗立了一尊雕像，此时，正值上海的炎炎夏季，晴空万里，阳光灿烂。我瞻仰这尊坐落在院图书馆前庄重得体的雕像：老岳父眉宇间透着一股知识分子所特有的专注神情，双目炯炯有神地凝视着前方，似乎把“财大”的蓬勃发展、祖国的兴旺腾飞全看在眼里，喜在心间。座基的大理石上镌刻着他的生平，这些金色的字体在阳光下熠熠生辉，记载着岳父革命生涯的足迹。望着雕像，岳父那坎坷的知识分子戎马人生顿时又一次在我眼前奔涌。一幕幕纷至沓来，缅怀之情油然而生，不能自已。

岳父早年习围棋书法，后在其亲友的资助下留学日本早稻田大学，专攻经济学。此间，棋艺与经济学颇有收获。在日加入中国革命团体，从此，围棋与经济学几乎伴随他走过一生。他在研究探讨中国经济学方面，根据国情主编了曾风行全国的大学教材《政治经济学》。对筹建“上海财经学院”居功至伟，成就卓著；在围棋上，也颇有建树，为我国围棋走向世界立下了汗马功劳。

松雪飘寒，江雾笼愁，大树凋零！看英雄本色，闲庭独步，将军意气，寰宇同惊。战斗生平，笑谈磊落，哪怕妖魔面目狰。正怀念，忽哀音远播，泪彻春申！

闲时一局纵横，从今后何人共对枰！忆黄花塘畔，豪情如昨；龙冈宅上，灯火相亲。黑白分明，是非论定，为国争光有后生。吾老矣，唯丹心许国，白首诛精。

这是1978年岳父为悼念中国人民的忠诚战士、优秀的无产阶级革命家、我军杰出的领导者与组织者之一的陈毅同志逝世发表在《上海文艺》上的、《回忆陈毅同志二三事》纪念文章开头的一首《沁园春》词。我们不难从这首词里，感受岳父怀念陈毅同志的深厚情谊。

作者在上海财经大学原院长姚耐雕像前

谈新中国围棋发展，离不开一个人，就是陈毅。陈毅是岳父围棋生涯中所对弈过的成百上千位棋手中最神奇的一位。他们之间的对弈，是从战火纷飞中开始，他们之间的友谊也是因这黑白围棋谱写下的。

听岳父谈起陈毅与围棋，他总会激动不已。他与陈毅下围棋近30年，是这小小的黑白棋子使他们的友谊不断加深。在岳父的叙述中，陈毅不但会打仗，善写诗，且喜下围棋。有时会运用军事实践经验，根据围棋规律，精心研究，使棋艺水平不断提高。陈毅的人格魅力在岳父心中留下了深刻的印象。

岳父与陈毅开始对弈是在1942年冬。那时，岳父参加新四军抗大总分校召开的抗大教育工作会议，在会上，陈毅同志作了题为《对抗大工作的建议》的重要报告，内容极为精辟。在会议期间，陈总听说岳父会下围棋，于是在会议休息时，几次找岳父下了几局。他对岳父说：围棋是个好东西，有工夫时下几局，可以陶冶性情，锻炼思想。陈毅平时常在戎马倥偬之际，指挥若定，与人对局。当时敌情紧张，日寇“扫荡”淮安、淮北、淮南告一段落后，继续调整部署向我新四军军部所在盐阜地区内各据点增加兵力，企图进行大规模“扫荡”。陈毅一面参加抗大会议，一面分析敌情，处理军务，部署反“扫荡”的准备工作。会议结束后，他就利用空隙，同岳父下几局围棋。那时，尽管敌机在上空不断盘旋，不远处还能听到敌机投掷炸弹的爆炸声，但陈毅神态从容，继续对局。

1943年5月，岳父带病随新四军抗大九分校渡江北上，抵达军部，陈毅十分亲切地询问了岳父的病情，并叫岳父在军卫生部休养治疗。

在休养期间，陈毅还经常到军卫生部找岳父下棋，有时也邀岳父去军部手谈数局。是年冬，抗大九分校奉命回苏中整训，行前，校党委邀请陈毅来九分校对全体人员作报告。当时九分校驻在天长县的龙冈镇，军部已从盐阜区转移到盱眙县的黄花塘，相距有数十里之遥，陈毅于百忙中不辞辛劳，慨然前来。讲话完毕，又同岳父手谈多局。岳父对陈老总是这么评价："他下棋很用心，对围棋造诣较深，他遵守纪律，下棋时也是如此。总是落子生根，举手无悔，也不让别人悔子。"据岳父说，他喜欢采用迂回包围战术，经常开展猛烈进攻，想整块整块地吃，当包围在紧要关头被岳父突破时，他总觉得十分可惜，要再下一局，大有非赢回一局不肯罢休之势。一旦包围成功，吃掉岳父好大一块时，他就兴高采烈起来，说，"好不容易才赢了你这一局"，又要求再下。就这样，一局又一局，会下到凌晨两点钟，陈毅仍神采奕奕，兴致未已，正如唐朝诗人杜荀鹤的诗句所描述的："有时逢敌手，当局到深更。"

上面所记岳父悼念陈毅同志的词中"黄花塘畔，豪情如昨；龙冈宅上，灯火相亲"这几句，正是写当年同陈毅对局时的情景。岳父在这首词里倾注了十分浓厚的思念之情。

新中国成立后，陈毅作为一位国家副总理，来上海时，会在工作空闲，赴时在西区的岳父家中手谈几局。有一次，子女放学回家，只见母亲守在关闭的客厅门外，用手指做着不许说话的手势，并悄悄告诉子女们去别的房间玩耍。

1965年，岳父在北京的日子，竟成了与陈毅最后的一次会面。

而后，每每谈起陈毅，岳父总会喃喃自语：音容宛在，教诲永存！

岳父的棋艺也很不错。“文革”后,《围棋》月刊得以复刊,岳父是这本全国性围棋专刊的主编。岳父身边经常聚集着一批围棋界顶尖高手,有陈祖德、吴淞笙、华以刚、聂卫平、马晓春、邱鑫等。那时中日围棋擂台赛正在一局一局举行,吸引了中日双方数以千万计的围棋爱好者津津乐道。这些中国顶尖棋手常在家中研究棋局、复盘,兴趣盎然。欢声笑语一次次荡漾在家中那间简朴的客厅。尤其是当我国围棋九段高手聂卫平设擂五次击败日本棋手后,中国围棋界乃至整个体育界、全国都为之欢腾。上海为聂卫平专设庆功酒。记得那天,我也去了,在上海静安宾馆宴会厅见到了穿运动装的围棋名将聂卫平。大家频频举杯,庆贺中国围棋的盛事。

通过中日双方围棋擂台赛的举行,中国围棋事业得到了空前的发展。作为中国《围棋》月刊的主编、中国围棋协会的副主席、上海围棋协会主席的岳父,功不可没。

中国著名围棋国手陈祖德在《超越自我》专著中曾写道:《围棋》月刊的主编请了财经学院的院长姚耐同志担任。姚耐同志以前也是新四军的干部,他的棋艺在新四军中真可谓所向披靡,因此陈毅司令经常找他对弈。他对陈老总的感情也就不一般了。当有人建议请他担任《围棋》月刊主编时,他欣然接受。

日本围棋界顶尖高手、九段棋手、曾经“称霸”日本棋坛多年、赫赫有名的坂田荣男,有“剃刀”之称。他曾这样评论岳父的围棋水平:此人棋艺水平起码在四段以上。1961年,以岳父为团长的中国围棋代表团出访日本时,坂田还说,这次中国围棋代表团团长是历次水平最高的一位。

岳父曾多次荣获每年一届的上海高校教工围棋观摩赛冠军称，还多次获得全国及地方教育、文化与学术界等各类围棋比赛冠军或优胜等名次。

见过岳父下棋的人都知道，他下棋的一招一式，飘逸洒脱，赏心悦目，干净利落，似有大将风范，且经常与国内高段位棋手对弈，加之钻研，棋艺精益求精，不断提高。

岳父在家中也经常辅导几个儿子学习围棋，在耳濡目染中，几个儿子的棋艺也大有长进。

这小小的黑白棋子陪伴了岳父的一生。下棋，使他在“文革”中波澜不惊；下棋，使他陶冶了性情；下棋，使他在“二起二落”的办校中斗志不衰、勇往直前；下棋，使他在革命征程中黑白分明、是非论定；下棋，使他革命不止、奋斗终生！

人生如棋，世事如棋。围棋人生，人生围棋。

这小小的黑白棋子，这纵横交错的方格棋盘，竟然使岳父着迷一生。他翱翔在这片天地中其乐无穷，这是他生命的一部分。以至岳父逝世后，在上海烈士陵园岳父的骨灰盒前，家人难舍岳父的一生钟爱，那副走南闯北伴随岳父一生的围棋还是工整地安放在他的遗像前，两颗黑白棋子居然有意放在棋盒外，家人想让岳父什么时候执子时更为方便些。

围棋是岳父生命中的一部分，没有它，岳父的人生就不完美！

2015 年 11 月于澳洲

# 漂泊二十载　名画终回家

我与画家沈嘉蔚相识廿年有余。

20世纪90年代，我在澳洲的一家中文报社当编辑、记者，他有一幅画入围澳大利亚最著名的肖像画大赛阿基鲍尔展。作为我们都是刚到澳洲不久的留学生，他有此辉煌成果，当然为他鼓与呼。在报社，他带来两三张该画的照片，我一看那幅油画照片，就感到莫名地喜欢。画中的哲学家一袭黑色长衫、宽大的袖笼，蓬松凌乱的灰白头发，赤足站在地毯上，不屑一顾、颇有玩世不恭的神态，很有感染力。他还邀请我观摩此次大展。我非常乐意地接受了他的邀请。没几天，他的参展作品与蜚声全澳美术界阿基鲍尔大赛的介绍就在报上刊出了，受到不少读者的关注与欢迎。

随后，为采写相关新闻，我们曾有多次接触。一次，我去他家，他住悉尼马力维尔（Marrickville）一教堂后面的一幢旧房里，凌乱的画室与卧室共处在一室。他每天不管白天黑夜，除了吃饭睡觉，其余时间几乎全在画画。他潜心画画的刻苦精神令人钦佩。我俩聊起文艺与时事兴头甚足，几小时就过去了。在饥肠辘辘难耐之下，他拿出了他颇具特色的午餐，每人一大碗熟泡面填肚，那时候，清贫是我们的主旋律。当然，他对泡面的情有独钟不仅是美味快捷，最主要的是省时省力。五六分钟，我俩这顿20世纪最著名的简便快捷午餐就结束了，抹着嘴称道堪比任何山珍海味。在贫穷的日子里，幸福的到来是如此单纯。当然，我们也深受“穷则思变”至理名言的影响，相信面包会有的这样简单而又直白的道理。

饭后，还未坐定，画家顺手将横亘于床下一大卷似地毯的东西拖了出来，慢慢打开。一幅色彩灰暗、色块也有些驳落的大幅油画展现在我面前，那似曾相识的画面令人一震。他告诉我这是他的油画《为我们伟大祖国站岗》。这是我第一次见到这幅画的原作，以前见到的都是印刷品。我没想到在异国他乡这样的环境下，能见到这幅“文革”中名噪一时的名画，真是匪夷所思。我轻抚画面，聚精会神地欣赏，既惊讶，又感庆幸。我除了恭维他了不起之外，几乎没话可说。那时，真为此画遭遇如此境遇深感遗憾，也几次听画家谈及此画的创作过程。那远去的“文化大革命”热潮，他在黑土地上的那一幕幕，再次在异国他乡拉近了我们的距离：

1973年，我从江南到黑龙江有四个年头。我和当时一个各方面都很聊得来的朋友刘宇廉一起到乌苏里江边体验生活。在那里，我看到了边防大钢铁架子上面的哨卡。苏联那边，这样的大架子几公里一个。中国针锋相对，把大架子造得比苏联还高。我们在边防连队的时候，被允许上去看过一次。那时，有一首抒情歌曲《我为伟大祖国站岗》很有名，我就想画一张《为我们伟大祖国站岗》。

过完年是1974年年初，我跟刘宇廉再次到乌苏里江边待了一个月，画了很多写生和速写。有一天，我们到停着炮艇的江边画画。一个地方官气势汹汹，严厉地问我说，怎么可以画这些东西？我们说，有兵团政治部的介绍信。按道理说是很硬的。这个地方官虎着脸还是不行，说明天把你们画的所有东西带到我办公室来，我们全部要审查。然后，他留下地址和电话走了。我们回到文化馆以后，大家都认为不能去，如果他把画扣下，我们就白画了。于是，我们给他留了一封信，走为上计。第二天一大早，就坐汽车走了。

回来以后，刘宇廉画了《乌苏里渔歌》，我画了《为我们伟大祖国站岗》。画面上，中苏边境上我方两位年轻的边防战士正迎着初升的太阳在哨楼上远眺，正锁眉警惕着前方的“苏修”。画面的色彩非常明快，人物的动作有点舞台化，我利用了哨楼高耸的特点，将视线放在画面的底边，使军人的形象显得更加高大。我画完这幅画以后，已经是7月份了。这幅画交上去以后，马上就被送到了北京，入选了建国25周年全国美展。

10月份，我请了探亲假，到北京的中国美术馆去看展览。一进展厅，老远就看到我那幅画挂在厅内正中偏左一点的位置，心里很高兴。再走近一看，发现画中人的两张脸都被动过了。原来我画的两张脸是从生活中来的，为了找那种颜色关系的变化，天光的颜色，反光的颜色，太阳的颜色等很微妙的细节，这两张脸我就画了一个月。我在美术馆看到《为我们伟大祖国站岗》，脸被改成了粉红色，改动者嫌脸不够胖，表情不够愤怒，又特意予以改动。我看得出来，改的人很小心，但他毕竟不是画这张画的人，这样一来，把我原来的意图全部都破坏掉了。后来我听说，全国美展由江青指定王曼恬负责，王曼恬组织了一个五个人的改画组，把所有的画统一到样板戏中的标准里面来。

等到我回到兵团一个多月以后，兵团传达下来，说江青看了展览，表扬了 12 张画，其中包括我这张《为我们伟大祖国站岗》。她知道是黑龙江生产建设兵团一个战士画的之后还说，他们条件很艰苦，画到这样就很不容易了。由于江青的表扬，全国所有的报刊全部都刊登了这幅画，估计《为我们伟大祖国站岗》仅人民美术出版社和辽宁美术出版社出版的 4 开和对开的独幅画就有几十万张。

由此，我对沈嘉蔚也有了更深的了解，他为人诚恳、率直，生活低调、朴素，始终保持一个画家应有的良好状态，对绘画倾注了极大的热情，几乎为绘画而生。

那时还没有电脑，查阅一些资料相当困难，只能翻阅报刊。

后来我得知，这幅画不仅具有全国影响力，而且也成为那时“文化大革命”标志性的美术作品。也听到过对此画另一传闻：1974 年，这幅《为我们伟大祖国站岗》入选新中国成立 25 周年美术展，在中国美术馆展出时，悬挂在进门大厅显眼的主要位置。当时“文革”旗手江青同志在此画前足足观摩欣赏了五分钟之久。这为此画的迅速传播起了推波助澜的作用。没多久，此画的印刷品传遍大江南北，出现在工厂、农村、院校及街头巷尾百姓家中。画家沈嘉蔚声名鹊起，蜚声中外。

之后，此画即被中国国家博物馆收藏，后又被画家取回，在 1989

年初，随着留学大潮被他远涉重洋带到了这南半球的澳大利亚，委曲蜗居在这潮湿凌乱的水泥地上。时代不同了，一幅曾被赞赏有加的名画就这样匍匐在床底。其实当时，我俩心中都明白此画的真正价值。从那时起，我心里时常惦念着那幅画，也关注着画家在澳再创辉煌的发展。有时聊及关于此画的归宿，大家不约而同地认为，要等待时机，因西方文化背景不同，尽可能将此画完璧归赵，返回祖国，发挥它应有的作用。

几年后，画家的新房安在悉尼南岸一个有画家村美誉、风光旖旎的小岛上。画家照旧从事他的绘画大业。那幅《为我们伟大祖国站岗》的油画也随他来到了这里。居住环境好了许多，有独用宽敞的画室，与以前居室不能同日而语。那幅画的保管比以前要好很多。那时，我回国工作多年，与画家联系就少了，我几次短暂返澳，想去那里看看他与那幅画都没时间。

进入新世纪，中国的收藏热如日中天，尤其是"文革"动荡年代的作品，变得炙手可热，人们趋之若鹜。我知道，此时该是这幅画梅开二度的时候。寻找一个真正属于它的归宿，正逢其时。

2009 年，此画已诞生 35 年，其间在海外漂泊了整整 20 载春秋，历经中国政治动荡，阅尽世间沧桑，物是人非。沈嘉蔚也从当年黑土地上的兵团农垦战士迈进了两鬓染霜的花甲之年。画家也预感到此画的春天到来，已将画从画室的阁楼上取下，打扫干净，重新进行敷色，将色彩还原到 30 多年前的初创时。画家带上自己毕生著名的代表作，再次漂洋过海，返归故里。

春寒料峭的北京，在举办全球瞩目的奥运之后，昨日狂欢的盛况还未散尽，那些世界首屈一指的“鸟巢”“水立方”等如梦幻般的体育场馆，不仅为北京城确立了新的地标，也预示着强国梦的到来。沈嘉蔚来到了全球知名的嘉德拍卖公司，将那幅辗转千万里、沉寂消逝 20 载春秋的油画《为我们伟大祖国站岗》推上了该公司重要拍项计划。

五月，《为我们伟大祖国站岗》这幅牵动着多少国人情怀的当代著名油画，代表着那个远去年代的历史片段，顿时定格在北京嘉德拍卖现场。在座无虚席、众目睽睽的各界藏者面前引起一阵不小的噪动。画作从 200 万人民币开始起拍，经过几十次的价格竞争，轻松越过 400 万、450 万、500 万、550 万，主拍掌槌者与众多藏家也深知离拍品真正价格还有不小距离。又随着一轮轮递进叫价，拍品跃上了 650 万、680 万、700 万大关。此前，几十位藏家轮番胶着的拉锯状态，变得只剩下三四人在叫价。拍卖似乎也进入理智的白热化阶段。750万！不少人为之惊讶与唏嘘！ 780 万、790 万，随着主拍掌槌者小槌敲响，最后定格在 795 万！这是一个不小的数目，刷新了同年代相关题材的美术作品价格。此画由中国收藏界大腕刘益谦的太太王薇收入囊中。

油画《为我们伟大祖国站岗》自这次露面后，引起社会尤其是美术界的又一次极大关注。它受到应有的高规格的礼遇。之后的八个月里，正逢新中国美术 60 年大展在中国美术馆举行。2009 年，是中华人民共和国 60 周年华诞，在举国欢庆之际，此画入选由中华人民共和国文化部主办、中国美术馆承办的“向祖国汇报——新中国美术 60 年”大展。此展览是“向祖国汇报——庆祝中华人民共和国成立 60 周年系列文艺活动”的重要组成部分，旨在向祖国人民展示新中国成立以来美术领域取得的重大成就，为新中国60华诞献礼。此画在时隔35年后再次荣登国家最高美术殿堂。

此次展览作品经过专家艺委会严格挑选，近700件经典名作共聚国家美术殿堂，这是60年来中国美术所取得成果的一次历史性检阅。泱泱大国，煌煌大作，集60年美术创作之大观，中国美术的总体阵容以前所未有的规模精彩呈现。几代美术家的辛勤创作，不同美术门类的发展迭变都凝聚在一件件作品上，从中传递出的不仅仅是深刻的历史内涵，使我们看到新中国从成立、发展到崛起为世界大国的历史巨变，同时也以丰富的视觉信息、开放多元的审美观念显示出中国艺术在世界上独有的文化价值，为我们提供了一个观察、认识新中国60年美术发展之路的基点，在不同阶段呈现出不同的阶段性特征，每个阶段在艺术取向上又以各自的路径前行，从中得到符合历史的判断。

时光荏苒。2014年我回国，在上海还特意去了远在浦东藏界名人刘益谦与王薇的“龙美术馆”，在楼上“文革”展厅中的显著位置，见到了这幅名画《为我们伟大祖国站岗》。心绪难平，倍感亲切！用手机拨通了沈嘉蔚的电话，兴奋地告诉他，我见到了这幅画！随后，又耐心听着讲解员的讲解，还让讲解员帮我与这幅画拍了张合影，在这幅画前驻足观赏许久，才离去。这是我时隔近20年后第二次见到这幅原画，与第一次在悉尼见到的处境相比，真有云泥之别。还是应了那句话：有缘千里来相会。

著名艺评家、沈嘉蔚的学生李爱国曾对老师的军事题材作品有这样的评论：没有见到像沈嘉蔚这样对军事知识掌握到这种水平的画家,对史料超凡的记忆能力和理解力,使得他创作的画作对历史的表现力极为准确。

油画《为我们伟大祖国站岗》终于回家了！回到了属于它的文化大家庭中,受到众多国人的观赏与评论。在中国漫长的历史文化长河中有它的一席之地,而我仅是这幅画曾经遭遇不测时的见证者与它荣归故里的点赞者。不管它以什么形式回家,重要的是结果。

日前,又去了有着悉尼画家村美誉之地的小岛看望沈嘉蔚,他越发拼命地在作画。他说岁月不饶人,要在有生之年再画几幅传世力作了却心愿。

祝画家沈嘉蔚再创辉煌!

2015 年 11 月于澳洲

**附简介:沈嘉蔚,当代写实主义肖像画家与历史画家**

1948 年生于上海。“文革”中自学绘画。1970 年到北大荒当农垦战士并参加兵团美术班业余创作。1974 年油画《为我们伟大祖国站岗》具有全国影响,成为“文革”标志性美术作品。这期间,有油画《过雪山》《红岩》,连环画《西安事变》等作品获奖。1982 至 1984 年在北京中央美术学院进修结业。五次获全国美展奖。1987 年创作大型油画《红星照耀中国》,获全国美展最高奖。1989 年移居澳大利亚,曾 11 次入围澳洲美术界最富盛名的阿基鲍尔奖。1995 年,油画《澳大利亚的玛丽·麦格洛普》在澳获教皇保罗二世颁奖。1998 年获玛丽·麦格洛普奖。1998 年和 2008 年,分别应邀在纽约和毕尔巴鄂的古根海姆博物馆展出《为我们伟大祖国站岗》2006年获澳大利亚的舍尔曼奖。2016年获澳大利亚的加里波利艺术奖。几十幅作品由中国美术馆、中国国家博物馆、中国革命军事博物馆、梵蒂冈教廷、澳大利亚国家肖像馆、澳大利亚联邦国会大厦等公立机构收藏。编辑出版大型图文合集《刘宇廉》(2005)和三卷本历史照片图册《莫理循眼里的近代中国》(2006)。

# 我的抗战

## ——写在纪念中国人民抗日战争胜利70周年之际

任何一位正直、有良知的中国人都会对那场70多年前日寇发动的侵华战争深恶痛绝。数以百万计的同胞生灵涂炭、国破家亡,大好河山任由侵略者蹂躏。战争虽然过去70年了,要抚平这灭绝人性的创痛需要我们继续努力,用我们的言行去制止、消除战争,宏扬传播和平理念。近年来,尤其是安倍上台以来,为日本军国主义招魂的叫嚣从未消停过,企图篡改战后国际新秩序的野心昭然若揭,足以警示我们常备不懈。虽然我们每个人的能力有限或许微不足道,但涓涓小溪必将汇聚成奔涌向前、势不可挡的洪流,必将冲垮侵略者。

一年多前,我在澳洲悉尼内西区经常光顾的一家老外旧书店的一大纸箱故纸堆里,发现一些风月杂志、漫画、旧照片等,我毫无目的的一阵乱翻。突然,一本薄薄的、二三十页4A纸大小、泛黄的印刷品在我眼前一亮,它封面上的那醒目的黑体字:"THE END OF THE WAR IN THE PACIFIC"(太平洋战争结束)跳入我的眼帘,顿时一阵激动。仔细看,封面下还有几行小字,署名美国档案局出版,我急不可待地打开内页,才发现是一本叙述翔实的英文版"日本投降书"。我如获至宝似的一阵狂喜，马上与书店老板结了账，欣喜地离店返家。到家后，我又仔细地将这印刷品翻阅了一遍。我想，它肯定是一本比较珍贵的史料。当时我就有个愿望，要将这份史料带回中国。

这份“日本投降书”（后知是一份十分珍贵难得一见的历史档案）是1945年美国国家档案馆所印制的。70年前在中国人民浴血奋战与世界人民的并肩反击下，1945年9月2日（日本昭和二十年），在太平洋美国“密苏里”号战舰上，日本宣布无条件投降，包括中国在内的九个战胜国代表纷纷在这份历史档案中签字，扬眉吐气地向世界宣告：正义终将获得胜利！

我还查阅史料记载当时的情景：1945年9月2日，国民政府军事委员会军令部部长徐永昌将军，率领中国代表团来到了东京湾，代表中国政府接受日本投降。在58岁之年，徐永昌登上了人生最高点。

这一天的早上，中国代表团最先出发，登上了美国“密苏里”号主力军舰。当徐永昌率领同仁从扶梯走上军舰时，军乐奏起。其后，盟国各国代表团依次登舰，受降会场布置在军舰的甲板上。上午9时，受降签字仪式正式开始。徐永昌站立在美国海军上将尼米兹的左侧。两人的身后，分别是中美两国的代表团成员。徐永昌的左边，依次是各国代表团的团长，每名团长的身后都肃立着该国代表团成员。

在他们的面前是日本代表，中间隔着一张桌子。在麦克阿瑟将军发表了简短讲话之后，签字开始。顺序是这样的，日本外相重光葵代表日本天皇以及日本政府签字，然后是梅津美治郎代表日本大本营签字。接下来是盟国代表签字受降：麦克阿瑟代表盟国签字，然后是尼米兹代表美国签字，接着是徐永昌代表中国签字，此后依次是英国、苏联、澳洲、加拿大、法国、荷兰、新西兰代表签字受降。

日本在投降书中写道："余等兹接收一九四五年七月二十六日，由美利坚合众国政府、中华民国政府及大不列颠政府于波茨坦协定所订定的四个定目……余等兹此宣布所有日本军队以及所有日本辖下地区的武装部队向联盟国无前提投降……"

史料记载：1945 年 8 月 15 日，日本宣布投降；1945 年 9 月 2 日，日本与美国、中国等 9 个同盟国代表，在"密苏里"号战列舰上签署投降书；1945 年 10 月 1 日，《日本降书：日本政府向同盟国投降书》原件，正式被美国国家档案馆接收为馆藏资料。

这份珍贵的日本向九个盟国英文版《日本投降书》，经上海市历史博物馆研究员王毅在对这本影印件进行考证后指出，该日本投降书影印件是数十年前影印的，目前在国内留存甚少，他也是第一次见到，"日本投降书表明，自鸦片战争以来，中国取得的第一场完全意义上的反对外来侵略的正义战争胜利，这极大地提升了民族自信心和凝聚力。"王毅认为，日本投降书影印件具有较高的历史文献价值。他还积极联络推荐给《新民晚报》。

在纪念中国人民抗战胜利 70 周年之际，本人还接受了该报的专访。该报在显著版面刊出了本人的专访文章及大幅照片。媒体在了解本人意愿后，还联系了中国中央档案馆。为让更多人能了解这份史料，在这纪念中国人民抗日战争暨世界反法西斯战争胜利 70 周年之际，本人决定将这份史料无偿捐赠给中国中央档案馆，让这份不可多得的历史档案重见天日，告示天下。一是告诫世人不要忘记过去，历史岂能重演？二是警惕日本军国主义狼子野心死灰复燃。“史料”犹如一枚重磅炮弹投向妄图复辟的日本军国主义！铭记历史，缅怀先烈，珍爱和平，开创未来！需要你我努力，需要全世界爱好和平的人们团结一致！

2015 年 8 月于澳洲

# 一位先锋派诗人的绚烂、沉寂与蓄势再飞

## ——诗人慧子专访

猴年春节前夕，立春刚过，早春二月的申城春寒料峭。淡淡的阳光犹如冰箱灯光一般，惨白无力，倍感寒意。可街边的灌木丛中枝桠上爆出的绿芽或红杏摇曳在寒风中，这丁点的萌动多少给人带来一丝春的信息，预示着春天正悄然而至！

在上海市作家协会门口，我正等待一位曾颇具声名的先锋派诗人的到来。这次趁她新春短暂回沪省亲之际见上一面，聊聊诗歌，多少能给这冬日融入几许暖意。

一般来说，诗人往往都有别于常人，更何况冠之以先锋派头衔的，那装扮不似猫王也近似朋克之类，反正新潮怪异得有时令人咂舌！

须臾，慧子如约而至。精剪的短发垂肩，瘦俏睿智的面容被寒风吹得微红，围着一条姜黄色小围脖，一件浅灰外套。她的素面打扮倒令我有些讶异，与想象中的先锋派诗人判若两人，没那种先“形”夺人之感。这是意识与现实的差距。

我们置身于飘逸着浓浓文艺气息的作协咖啡馆里。她是作协

会员，已是有 20 余年会龄的资深会员，故对这里的一切熟稔而亲切。我们在一隅的小桌就坐，躲避街上的喧嚣。小桌上有盏牛皮纸作灯罩的古色古香铜制台灯，发出柔和的暖色灯光，桌旁的书架上陈列着《果戈理戏剧全剧》、池莉的《怀念杯盘狼藉的日子》《陈村文集》等文艺书籍。

我注视着对面的慧子，这位似曾相识的先锋派诗人，在 20 多年前就出版了她迈向诗坛的第一本诗集《飘逸之人》，深受社会关注。在那蹉跎的年代里，那些诗选曾如一缕绿意盎然的微风涂抹出一幅春的画卷，也似一条潺潺溪流温润你我孤寂荒漠的心灵；它新颖、欢

先锋派诗人慧子多年前出版的诗集

快，给过我们冬天里童话般的小确幸。时过境迁，大浪淘沙。现摘录几首慧子早期的诗选，今天读来依旧感怀……

### 黑板

我是慧子 / 脸部最漂亮的地方被你的手擦去了 / 最漂亮的地方分成两个部分 / 一半擦清楚了 / 一半已另有所爱 / 因为我是漂亮而浅薄的桂冠诗人 / 是大写在你手心里 / 任你揉尽一切的著名诗人 / 我是睡美人 / 你在我心中的位置 / 占据了我整个人生 / 在我心中重重一击 / 擦拭完了 / 从身体最美好的部分开始 / 直到幸福美满为止 / 直到诗人坠落为庸人为止 / 哎！这黑板的历史 / 全在我的身体之内说话……

我们相视而拥 / 轻轻的淡淡的分手 / 我用一种声音和你说话 / 这种声音来自我的硬腭 / 是很苍老的一种东西 / 这种东西和我的心情一样 / 逐渐腐烂着扔给人类 / 很多好处涌上心头 / 心口有压抑的东西袭来 / 精神之魔无处躲藏 / 见你的背影浓厚浑暗 / 大呵一声 / 你是被我赶出家门 / 我身体的每一个部位开始说话 / 传说痛苦万状的同时 / 传说淡泊 / 和我握手 / 倾听古朴的方式 / 把自己腐烂在自己的内心。(《离婚》)

80 年代，慧子诗选以清新、脱俗大胆创新崭露头角，以先锋派著称，出版多本诗集，获奖无数，被当时诗坛称之为一颗冉冉升起的新星。

再来读读慧子颇具个性特色的自序文字："大学选读中文专业，被喻为'万金油'专业。写诗与专业没有一毛关系。诗短小空灵适合我那神经特质。60 年代产出肉身，70 年代记不清楚，80 年代莫名其妙写诗，90 年代心血来潮做歌手……后来嘛，结婚、生子、移民、搁笔。”

“关于诗，略微强调：曾在《诗歌报》《诗刊》《星星》《萌芽》《上海文学》……许多纯文学刊物发表诗歌作品200多首。诗集《飘逸之人》获中国首届处女诗集出版大奖赛优秀诗集奖（其余入选诗集、获奖诗歌省略）。”

我问慧子，“你对当今中国诗坛状况有何看法？”

慧子小抿一口白水，说道：“首先明确，对中国而言，当下不是一个诗歌时代，甚至也不是文学艺术的时代。当文学与体制发生矛盾的时候，体制总是胜利者。中国的诗坛目前正是处于这样一个大背景之下，边缘状态不可避免。沉沦与思考并存，慵懒与探索并存，渺茫与希望并存，世俗与天国并存。希望在于，这是一个以经济为先导的大变革时代，变革的深刻性对文学艺术、对诗坛不仅有重大期许，也预留了足够的空间。”

“那你如何看当今诗坛余秀华现象？”

“这个问题无非是要评价一下《穿越大半个中国去睡你》。我只能说这是作者生命火山一次罕见的喷发，细腻与壮观，温情与野性，爱之极与恨之切，欲之狂与理之深，石火烟霞一起迸射，直冲云霄，日月为之动容。”

慧子的谈话与文字，总给人一种洒脱率真任性之感。那时正当我们将关注力继续聚焦她时，这位前卫先锋派颇有建树的诗人，在把诗作演绎到高处极致时又戛然而止，华丽转身绽放另一面，成了一位颇具实力的驻唱歌手，尽情地放开歌喉，渲泄心中诗化音符。而后结婚生子，又漂洋过海，移民澳洲，从此远离中国诗坛，担负起教子的重任。多少同行与“慧迷”们抱憾十数载！如今，当一位学子以优异的成绩叩开澳洲最佳学府殿堂时，母亲终于露出了久违的笑靥！睽违二十载的诗坛又回归她的视线，勃发的灵感犹如春潮般涌动，多么期待她策马扬鞭，再次出发。

趁慧子离座接电话之际，我又读了她五六年前的两三首诗，这期间她已很少写诗。

我去过北京……其实我喜欢北平／这就是唠叨／重复毫无意义／所以粥就煮成七荤八素／像个不确定的你／我是来看你的／但我叫不出你的名字／你请我喝粥／看出了我的内心隐密／粥是我的终极理想／我把平庸当作指标／花费钱这种纸币／如果想看清粥内底部的本质／就必须把沸腾的时间延长／特别是猪肝粥腰花粥／呈现后现代主义的程序……／我可能爱你／还是爱我自己／抑或拿来粥作主义／其实北京／除了粥／还有什么别的道理……（《北京粥的含义》）

虽然搁笔多年，可一旦触动情思，谱就的诗作似乎越发弥香练达。

鲜艳的肌肤有玉的质地／光洁中漫散着盈盈的水晶／如处子的体毛／似有似无／若隐若现／一种久经窖藏的味道／勾起我眼睛有眯眯的醉意／朦胧处看你心也朦胧／坚硬的润泽的如上国液桃／那蓓蕾嫩嫩的／有轻轻咬一口的诱惑／满嘴的液汁／是入口如酥／触之即发的欲望／柔弱无骨的娇／胶水一般的绕夜晚十二点以后／饿了我会要你吃你／你永远是奉献的像是我爱的卑微／凌晨太阳尚未

升起／梦醒你又入我口解我不择之饥／我永远是无耻的终究要遗弃你／朝合夕离的是男人的身身体／夜爱昼恨的是女人的心痴心(鲜豆浆饼干）

“人说诗歌是春药,你作何解?”

“性文字是春药,引申下去是炸药。这因人而异!”

“你远离中国本土文化已有十多年,在澳大利亚中国诗歌文化荒漠中是否有种迷离感?你是否还能重拾昔日的辉煌?”

“我是在华夏文化熏陶下长大的,用中文写作,澳大利亚是典型的英语国家,本人有幸先‘中’而后‘西’,两相融通,双层底蕴,没有理由怀疑我再度起飞、翱翔盘升的潜力。”

说得多好,中西结合,融汇贯通,更具创作活力。

有关先锋派诗歌的谈论渐近尾声,感触尤深的是我们时代的诗人,不是太多,而是太少。讴歌、针砭时代或赞美人生等都是一种不可或缺的存在形式。与君一席话,收获良多。快人快语的慧子率性干练,文思隽永,火花并溅!时代需要、期待诗人的回归。

是的,没理由怀疑这位诗坛的才女蓄势再飞!

行文至此,一首歌曲倏地在耳边回荡,似歌手慧子低哑的嗓音在纵情嘶吼:

……

我要的一种生命更灿烂

我要的一片天空更蔚蓝

我知道我要的那种幸福

就在那片更高的天空

我要飞得更高

狂风一样舞蹈

挣脱怀抱

我要飞得更高

飞得更高

翅膀卷起风暴

心生呼啸

2016年2月于中国东北

# 大千世界的不朽画卷！
## ——《张大千演义》作者王亚法访谈

书桌上的那本《张大千演义》，打开了又合上，合上了又打开，闲暇时，总会随意挑上一段阅读。顿时，张大千那年代鲜活的生活场景弥漫开来，仿若感受他在民国择居申城寓所宴宾客时的谈艺欢笑；京城大栅栏力排众议力邀弟子入门；华夏宝藏莫高窟里躬身拓片，摹临古画佳作，汲取养料；后期移居台湾或游走世界的日子……在这些脍炙人口的篇章桥段烘托下，将一个飘逸洒脱、真性情的艺术大家呼之欲出，给人留下了深刻的印象。

张大千（1899—1983），名闻世界的中国画家，被徐悲鸿誉为“五百年第一人”。

大河奔流，需小涓汇聚；苍天巨塔，需沙粒堆垒。张大千这位从小跟着母亲与家人，描摹女红小图开始，终成中国画一代天骄。以至数十年来，世界各地著名拍行，张大千的绘画作品，随拍槌敲定，动辄以成百上千万或更高价格被趋之若鹜的藏家收入囊中，这样的佳话屡见不鲜。

本着对张大千艺术人生的由衷兴趣，促使我动了访谈《张大千演义》的华裔作者王亚法之念想。与之联络后，得知他刚从宝岛台湾回澳，复欢迎一晤。

冬日的悉尼，并不严寒，颇有几分大陆深秋之感。这里没有故都挺拔白杨的萧瑟与苍凉，更少见南国悬铃梧桐的枯枝与飘零，倒是路旁小花圃几棵郁郁葱葱艳丽夺目的秋海棠开得正旺，火红一片，尤显这岛国冬日的妩媚。随风吹过，如中国画中的散点泼彩，星星点点，色重的花瓣点缀在成茵的绿草地上，煞是好看！

在悉尼西区颇具亚裔风貌的卡市大饭店一隅，我们相约茶叙。品着香茗，尝着精点美食。有关艺术大家张大千的话题，居然会在大洋彼岸悉尼市郊僻壤之地提及，着实令人肃然起敬！

撰写《张大千演义》的王亚法，早年在上海少儿出版社当编辑，对

王亚法已完成的两部《张大千演义》

中国画也有较高的艺术鉴赏力与了解。对张大千的艺术人生从初探到深入研究，熟稔程度似乎与大画家有过多年交往。

问：首先庆贺你完成了大师浩瀚繁复的人生传奇故事！是什么动力萌生你去写张大千这个棘手的大题材？听说你“披阅三十载”才成今日之夙愿。

答：我的二姨妈适张大千的三侄子张心铭。张大千在成都和北平那段生活期间，一直由他俩侍奉在侧，我从小就翻阅她送我的画册（其中有一套叶浅予画，谢稚柳题跋，张文修题签，画张大千的六张漫画，“文革”后送还给叶浅予先生，换了他一张“飞天”国画），听她讲张大千有趣的故事，由此对这个“五百年来第一人”产生了浓厚兴趣。张大千二哥张善孖的幺女张嘉德，住在上海西门路西成里的故居，我叫她八孃（张家子侄辈排行第八），因为亲戚关系，我们两家走动甚勤，“文革”初始，张家怕抄家，我曾去她家帮忙处理“四旧”。张嘉德被房管所驱出老宅时，是我蹬的黄鱼车，帮忙搬的家。由此，我认识了经常来张家走动的大风堂门人，章述亭、王智圆、潘贞则、郁氏姐妹、糜耕耘、伏文彦、曹大铁……张大千入室弟子，听到许多关于张大千的趣闻逸事和他的传奇画艺，因此开始萌生写张大千的念头。80年代初我投稿给《解放日报》副刊，未能发表，经过打听，副刊负责人庄稼告诉我，因为政治原因，不能发表。80年代中期，边缘城市政治相对放松，我在西安未来出版社出版了第一本《张大千演义》。

问：张大千有过青灯黄卷的僧侣岁月，你认为是否在那段孤寂之时点燃了他心中要当个大画家的雄心？

答：他的“百日佛门”只是他青年时期的一段小插曲。张大千对自己的人生设计是十分完美的：抗战期间，他在成都青城山潜心作画，不久西去敦煌，大陆易帜前夕，去香港、印度、阿根廷、巴西、美国，直至终老台湾，逃避了战争和纷纭的政治运动。在艺术上，他早年临摹古画，仿照石涛，恪守传统，最终跳出传统创建自己的画风和书法风格，晚年又变法，开辟“泼墨”和“泼彩”的画风。张大千一生无党无派，保持孤傲的独立人格。他重友情，轻钱财，守传统伦理，讲朋友义气，不愧为有“五百年来第一人”的古风。

中国文人，自苏东坡后，非张大千莫属，他在书法、绘画、诗词、美食诸领域均有造诣，为诸多文人所不及。

问：画家的人生极富写意，有时可以说是“过山车”般风流激荡，你是怎样把握这个跌宕起伏人物的主线？

答：本书浓墨重彩在张大千的艺术成就上。张大千画路广阔，山水、人物、花鸟……无一不精，而且还在绘画工具上有出色创建，抗战时，因四川内地买不到宣纸，他带领工人创建了“夹江纸”；在台湾他创建了“凤梨纸”；在敦煌，他请喇嘛研制矿石颜料；在巴西，他用牛耳毛……他在艺术上的探索精神，是艺林中独一无二的。

张大千去敦煌是为了寻找中国画的祖先，去印度寻找佛教画的源头画，可惜历史没有给他时间和条件，否则我相信，他还会去希腊，寻找人类画作的源头……

问：据说你为这个人物更富活力真实，曾五赴台湾，与画家同时代的亲朋好友接洽，追忆与画家逝去的美好时光？

答：是的。去台湾多次，每次在那里总与朋友或张大千后人聊起他。

问：如果以画家去台为界，你认为他的艺术成就哪段为最高？并预测画家如不赴台，在大陆有何利弊？

答：1949年他的远走是明智的，我曾就“张大千当初不走会如何？”这个问题采访过叶浅予和谢稚柳二位先生。他俩的回答几乎是一致的：大千性格率直，生活散漫，说话随便，口无遮拦，凭他的社会关系，逃得过“镇反”，逃不过“反右”，逃得过“反右”，绝对逃不过“文革”……历史是不能假设的，但张大千如留在大陆，其下场之不佳，是可以肯定的。

问：目前大陆与台湾是否建有画家故居或纪念馆？

答：张大千在大陆有纪念馆，据我所知，内江的“张大千纪念馆”及“大千路”“大千宾馆”……上海石门二路北京路口的“张大千故居”，以及“张大千研究院”“张大千研究学会”等多处；台湾故宫博物院对面有外双溪“摩耶精舍”——张大千故居。

问：据说，你不惧奔“古来稀”之年，有续写画家演义下卷大作之雄心？

答：我的《张大千演义》计划写三部：一、大陆篇（写1949年前在大陆的故事）；二、海外篇（写1949年后至回台定居前海外生活）；三、归根篇（在台湾的晚年生活），前两部已经完成，第三部资料已经俱备，择日开笔。

有关“五百年第一人”张大千的话题暂告段落。张大千的绘画风格我们可以简要归纳为早中期的“清新俊逸”与“瑰丽雄奇”，中后期的“苍深渊穆”与“气质淳化”。尤其到晚年“笔简墨淡”，其独创泼彩、泼墨山水，奇伟瑰丽、雄浑天成，与自然天地融合，增强了无穷意境的感染力。

张大千的艺术成就彪炳于世，熠熠生辉，这道绚烂的艺术光芒，为中国画的传承与发展开创了锦绣前程！

王亚法近年来正淡出社团侨领之职，致力于为传承中国文化尽献绵薄之力，去年，还在台湾创办由中国书画大家谢稚柳题字的“熊猫出版公司”。他洋洋洒洒挥写张大千人生百万字的“三部曲”，正鼓足全力作最后冲刺！是画家传奇精彩的人生始终在他胸中涌动、激励着他。

预祝他能终圆夙愿！

2016 年 6 月于澳洲

# 走过文明与抗争的瞬间

## ——写在“Lindt”咖啡屋重新营业之际

三月下旬的一天上午，为寻访曾震惊世界的悉尼人质事件发生地，我来到了悉尼中心区域的马丁广场。

踏着初秋和煦的阳光与几张飘然落地的梧桐树叶，走过广场中央庄严肃穆、熠熠生辉的澳洲军人铜像，来到广场南端转角的“Lindt”咖啡屋。推门而进，一个漂亮宽敞精致的西式大厅，说它金碧辉煌也不为过，可媲美澳洲高端酒家饭店的大堂。此时正值“morning tea”时间，周边大银行、律师楼职员三三两两地到来，更多的是来自各地的游客。像我这样慕名而来的也有，似乎都怀着一种好奇或对文明的崇敬，为一睹这曾遭恐怖阴霾侵扰之地劫后余生的新姿，并带来些许关爱与良好的问候。

说真的，重新营业的咖啡屋，生意很好。它是瑞士“Lindt”集团下的一间咖啡屋，这里的中文媒体喜欢用“瑞士莲”这样优雅的名字称呼它。顾客盈门，找位也要等待。偶见里面角落有个空位正合我意，这里可以环视整个大厅。我品着咖啡，尝着巧克力蛋糕，窗明几净，秋日缕缕温婉的阳光投射在人们惬意的脸上、桌上与明镜般的大理石地上。人们窃窃私语，交织成一幅愉悦安详的画面。怎么也无法与三个月前的恐怖人质事件联系在一起。在进门时，我还注意到咖啡馆门角那几束鲜花与墙上图文，是特辟为在那次人质事件中不幸丧生的两位无辜者作永久纪念之处。

三个月前，在这里发生的那一幕撕裂了眼前的安宁：也在此时，一名 50 多岁、居澳、巴基斯坦裔男子持枪闯进了咖啡馆。平和顷刻被打破，突如其来的惊恐像一张巨大的黑幕降临。在冰冷的枪管与毫无人性的训斥下，无辜的人们像羔羊一样听任摆布，成了这次恐怖事件暴徒要挟政府的人质。刹那间，这事件像一阵飓风惊动澳洲朝野，传遍世界。闻讯赶来的澳洲防暴特警、狙击手，封锁了街边道路，将咖啡馆围个水泄不通。此时，还有两三个人质前后仓惶逃离咖啡

悉尼马丁广场

馆，为警方了解店内情况、暴徒意图与撇清恐怖组织的关联提供了有力帮助。政府与警方在寻求最佳制胜方案。笔者想起在中国也发生过类似的持刀持枪绑人质的恶性事件。一般会先采取强大的心理攻势，包括在最短的时间内会将心理疏导专家、暴徒的至爱亲朋请到现场，实施向暴徒喊话。这种心理攻势不容低估，尤其是暴徒亲友声泪俱下、劝说暴徒弃暗投明认清形势的真切话语，有时十分奏效，能起到不费一枪一弹就令暴徒束手就擒的作用。

当然各国的情况不同，各方的考量有异。悉尼人质事件定格在一个 50 多岁的暴徒劫持了 17 位来自各个国家的中青年男女，在一个十分宽敞有厨房及后门的咖啡馆内居然与全副武装的警察对峙了整整 17 个小时。澳洲的《60 分钟》时事节目的《悉尼人质的口述》曾这样报道：……回答了人们渴望已久的许多答案，可以说它超过了所有的好莱坞大片，因为它细腻地描述了人性，因为他们都是真正的人物，你不会因为哪个演员的拙劣演技或是编造的台词而溜号或感到扫兴。当时唯一带着西方权力象征的就是咖啡馆的经理 Tori，他一直就没打算要逃走，他是在最后一大半人质都逃走之后，被暴徒勒令跪下。Tori 没说“放了他们我留下”的豪言，他没有像洪常青那样的大义凛然，也没有李玉和的振振有词，更没有“将澳洲人民的反恐事业进行到底”之类的什么口号。当告别人生、死神降临之时，他们听到了他最后的啜泣。这场景真实而又悲戚。

当然死者为大，我们无意评判 Tori 待毙时的情景，也拒绝无畏的献身。当死神降临，杀戮开始，生死存亡悬于一线之时，在进退都死的窘境下，孤注一掷、博弈生死、奋起反击、同归于尽也是一种悲壮英雄的诠释。这或许过于苛求，强人所难。但面对毫无人性的暴徒，就是一场你死我活的争斗，没有任何选择。可以想象手无寸铁的人质面对暴徒的夺命枪筒，抗争必然有限，而全副武装的警方才是抗暴的强大力量与决定性胜利的关键。有时文明与抗争紧密相连，密不可分，在弘扬社会文明意识的同时，加强必要的抗争意识。Tori 的献身精神值得赞赏与尊敬。

最后经过白天与漫长的黑夜，对峙状态中的分分秒秒人质都极为煎熬，疲于奔命。在这分分秒秒生死攸关时刻，人质的任何一个轻微言行均会引发暴徒的杀戮之险。而一墙之隔、一门之外就是安宁的港湾、快乐的家园，就是荷枪实弹警察筑起的铜墙铁壁。人质祈盼着警方能尽快以迅雷不及掩耳之势结束这种态势，焦虑的无辜者望眼欲穿地等待着。任何人都不知道警方在这漫长难熬的时间中在等待什么？等待昙花一现的最佳转机？或是等待卡拉奇载着暴徒亲友的飞机降临？这一切均不得而知。最后警方认定是最佳时机，强行攻入咖啡屋，此时的时间锁定在事件至此的整整 17 个小时。在击毙暴徒的同时也误击了一名女性人质，宣告这场震惊世界，历时 17 个小时死三人的“人质解救事件”结束。结局令人唏嘘。

走出咖啡屋，恍若走过了一段西方式的文明与抗争的瞬间。艳阳当午，秋高气爽。站在高坡，回望马丁广场，城市安然有序，家园温馨友爱。一场反恐小战役历练了警方抗暴战斗力，增强了人们的反恐意识。世事如棋，棋终人散，总有好事者复盘再议，难免会落入事后诸葛亮俗套之列。自叹弗如！

2015 年 3 月 30 日于悉尼

# 我家夏洛克

我家新添一位成员，不是孙辈儿女，而是一条名叫夏洛克的小狗。

它刚来我家的时候正好是它满月时，是 2014 年的四月份。那时我正趁“烟花三月下江南”的明媚春光，在中国踏青。

儿子从微信上发来一张手掌上颤巍巍站立着一只灰黑相间的小狗照片，他说，他们准备养狗了，这是一条价格不菲的名种 PUG（中国名叫巴哥）。我说，你们要有长期思想准备，不能凭一时冲动。他们说已经考虑周全了。说心里话，我嘴上不说，心里还是很反对他们养狗的。我是担心，如由于我们照顾不周，导致一些不测之事发生，会亏欠小狗一生而感到于心不忍。

等我从中国回澳，小狗已来我家有两三个月了。小狗瘦小，像一个巴掌大的玩具小狗，重量约一斤左右，见到我，一脸的茫然。它的头大大的，而身体与头的比例来说要小。脸庞眼睛以下为黑色，五官凑得较近，额头上，两边耷拉着一双黑色丝绒般的三角型耳朵，眉间有几条黑色的条纹，忧郁的眼睛大大地鼓起，只瞄了我几下就再也不看我。时而在我脚边绕着走动,时而不声不响地坐在地板上东瞧瞧西望望,一副无助无奈的模样。对我这个陌生人的出现也没过大的反应,倒是我对它来到我家充满了好奇,问了儿子他们好些有关它的问题。

小狗夏洛克的小窝暂时就安在我家二楼的太阳房内。我感到它的名字有点耳熟,但不知出处。我问儿子,为啥取名夏洛克? 儿子说大侦探福尔摩斯的全名是: 福尔摩斯 · 夏洛克(英文名是: Sherlock · Holmes)。哦! 我明白了,儿子他们希望小狗像怪杰神探福尔摩斯一样拥有聪明才智的头脑与敏捷的身手。就这样,小狗夏洛克走进了我们的生活,有缘与我们开始相识相知,共同生活。实际上,

小狗夏洛克

我们的生活并不空闲，而现在变得更加忙碌起来，夏洛克的吃喝拉撒睡成了我们饭桌上的主要话题，由此我们的生活开始变得忙乱与多彩。

刚开始的几个月里，夏洛克为随地拉屎撒尿没少被训斥与挨打，可它就是记不住。床上、沙发上等地方都有它的便迹，好几次刚换上的床单就给它弄脏，只得再换。出于无奈，有段时间只能把它关进铁丝笼里，一天的吃喝拉撒睡几乎都在铁笼里搞定，但也有好几次放风时间，看它放风时的欢乐劲，妻子就不忍心再把它关起来。以至现在它看到收起来放在墙角的铁丝笼还胆颤心惊，若用手当它面敲敲那铁丝笼，它掉头就逃。随处大小便是夏洛克一岁前的最麻烦的事。它小时候楼梯只会上，不会下，控制不了自己往下俯冲的动作。有一次，它在太阳房里失踪了，把我们都弄得异常紧张起来。后来，在太阳房通往天台的楼梯顶端找到它，它安然无恙，只是眼眶里充满了泪花。这事搞得我们心里很不是滋味。为防止它再上天台楼梯，我在太阳房内的楼梯前安放了它不能逾越的障碍物。起先障碍物还起作用。后来，它能轻松逾越障碍物了，再后来，它能自如上下楼梯了。

在澳洲，每条家养的狗均有注册，而且在它幼龄时会在它颈后部皮下植入一块比人指甲还小的芯片。芯片里记载了小狗的种类、出生日期、性别以及豢养人的姓名、家庭地址、联系电话。小狗每次检查身体只须读出芯片内容，就知道有关小狗的身体状况的记载，再将新内容添加即可。芯片也为走失的小狗寻找失主提供了方便。

夏洛克是条公狗，在澳洲公狗的节育手术最好在出生半年左右做。当然不做该手术也可，但万一公狗在外面突如其来对相遇的母狗实施性侵就麻烦了。按澳洲动物管理法，视母狗的品种等方面原因可向公狗方索赔，公狗方损失也许会不菲。人狗不同，据说有关狗性侵问题西方社会也可买保险。在此情形下，才无奈对夏洛克进行了节育手术。那天，它做完手术回家，我们都为它担心，而它依旧欢奔乱跳，像没事一样。阉割后的夏洛克变成狗公公了，从此也意味着它与它的后代说“Bye！ Bye！”了。从中，我们也能看出在性自由的西方社会，不是任何动物的性侵均得以合法开放的。

“奶片事件”是夏洛克制造的误食事件中最严重的一次。有一专为小狗配制的营养奶片，如硬币大小，规定小狗只能每天一次服食1至2片。那天家中无人，夏洛克将放在台上的半袋奶片扒到地板上，足有二三十片奶片全部吞食一空。等我发现地板上被它撕破的狗食奶片包装袋后，顿感问题的严重性，再回头看看趴在窝里的夏洛克，滚圆的肚子，感觉正忍受着误食后的痛苦。我也无能为力，只能先放下手上的事情，抱着它在沙发上坐下，观察它的举动。一个中午前后，它呕吐了三四次，尽是些乳白色的黏液。一阵呕吐后，感觉它好了点，如再不行，只能送它去医院了。庆幸它总算逃过一劫，转危为安。从此，我们吸取教训，将任何食物放在它不能触碰到的地方。

养同类狗的朋友都说，巴哥狗有三大特点：一是几乎什么东西都吃，且总吃不饱；二是每天要睡十五六个小时；三是十分黏人。巴哥狗正是具备了这三大特征。还有涵盖它所有特性的就是调皮捣蛋，家里的拖鞋、纸盒、绿化植物等家用物品都遭到它的破坏。也许淘气本是狗的天性，无法改变。另外巴哥狗也非常任性，你叫它不要去做那件事它偏做。肉骨头都是它的最爱，只要有任何猪牛羊、家禽骨头它都会忘乎所以、吃得津津有味。有时,在睡梦中发现它还在吱巴着嘴、伸出舌头乱舔,做着饱餐的美梦。一年来,夏洛克确实是这样,它的吃相是风卷残云,只需几秒就能将一顿狗粮吃得颗粒不剩。它每天早上均会有这样的情景:吃完早食后,总会来到我房间跳上床,坐在一边剔着牙,吱巴着嘴,猩红的小舌头舔着嘴巴周围,挠挠痒,偶尔再打几个饱嗝,显示出一副刚刚饱餐后的喜悦与得意样。每当看到这样的情景,总会令人心生怜爱与感慨,多么有趣的狗生活!

夏洛克也有情绪,几乎每天要闹一两次。当它情绪闹腾起来,两片小耳朵会往后脑紧贴头皮,眼神变得不再和善,露出扑闪的凶光,脸上肌肉收紧,像似一只烦躁奔走的小虎犊,咬咬这样、抓抓那样,令人不安。有时,它也会小小的恶作剧。有一回不让它进卧房,它不满地坐在门外的地毯上。少顷,打开房门,见门前有一滩它的尿迹,它却逃之夭夭。那些塑料玩具只要玩两三回就被咬坏。有时,只能让它独处一隅,令其安宁,使之舒缓,改正自新。它安静的时候,你端详着它的脸,五官比较集中在一块黑肤区域,两个眼球鼓鼓突出,鼻孔朝天,几乎没有鼻梁。两眼凹陷处,向下左右两侧脸颊各有几道长短不一的灰黑色皱褶,扁扁的嘴巴微突,两侧有几根稀疏的胡须,偶尔下牙床左侧一颗龅牙微露,是那种可爱的美丽。但有时它也有认真的时候,每次捡拾它的便便扔入马桶抽水时,它都会过来用两个前腿趴在马桶边缘,看那缓缓而下绕着圈的水将便便冲走。它狐疑的神态,不知是好玩还是在夸人类还有这神器,那副认真相令人忍俊不禁。每当我在厨房准备饭菜之时,它会在楼梯扶手处伸出头来全神贯注地俯视着。我蓦然回头,它那面对食物贪婪的眼神与那黝黑的面容犹如电影《巴黎圣母院》里的黑衣神父一样有点恐怖，往往令我为之一震。

人类的世界小狗们永远不懂。从楼上下来，进入一无窗的小间，关门，再开门，来到了地面，它不知道这是电梯；把狗屎扔进马桶，放水冲走，它会趴在白瓷的马桶沿上看个究竟，它不知道脏物哪去了？家人在用 iPad 视频聊天，它用脚爪拍打屏幕上的人，似想知道人的身影与声音怎会跑到这小玩艺里去……有些科技创新发明，人类也不能完全理解与明白，那狗更是一无所知。

我家楼上，邻居养条白色马尔吉斯犬叫“小白”。那天，它家人有事外出，征得我们同意，将狗寄放在我家一夜。两条小公狗追逐、互咬、打闹，顿时掀翻了天，所到之处一片狼藉。只见夏洛克嘴巴含着“小白”的丝丝白毛，“小白”也绝不示弱，趴在夏洛克身上不肯下来。总算隔天小白走了，要不然我家真成了两狗交战的烽火战场。后来每隔数天遛狗时会碰见“小白”，它俩一阵碰碰面、抬脚互碰的亲热劲真是有趣。我想两狗相遇，会像人与人之间碰面问候类似的“你好吗？”“你在主人家过得怎样？”等这样近似人类的话语吗？我不得而知，也无法考证。也许它们相互间的一个眼神、前爪的互拥已说明一切。当然，我们不能用人类世俗的想法去揣摩狗的内心，但我想知道它们见面问候的简单内容，确无从所获。至今，人类还不知道狗的语言，而狗几乎能领会人类的简单语言，这是狗的聪慧吗？在与夏洛克的相处中，也让我们见识了它神奇的嗅听觉与微妙的心灵感应，至今是人类无法达到的。

现代社会养狗少有看家护院的。狗已作为时代的新宠，堂而皇之走进了千家万户，成为新型家庭里一位主要成员，影响并担负起抚慰人类空虚的精神世界重任，带去了它难能可贵的欢乐与真诚。而名种狗几乎也成了时尚的代名词，犹如LV、BURBERRY一样赋予神奇高贵色彩，令人刮目。这种逐利风气与狗的贵卑并不画等号。

狗一直被认为是人类最忠诚的伙伴，澳洲的最新研究发现，拥有短又平鼻子的狗比长鼻子的狗更深情，同时也更听话。我们的夏洛克正属于此类短鼻型狗。悉尼大学动物行为与福利专家Paul Mc Greevy指出，头骨的大小对狗的行为有非常大的影响。在对超过六万只狗进行研究后，Mc Greevy发现，虽然全世界有超过400种犬类，但短鼻子的狗比鼻子尖的狗更深情且更容易听从主人的口令，令它们更容易成为护卫犬。但他指出，这种狗的寿命比长鼻子的狗更短。同时，由于狗的头骨更小、鼻子更短，因此也更容易引发呼吸问题，甚至多数情况下需要手术。

近年来，包括澳洲在内的不少国家开始钟情于短鼻狗。对此，Mc Greevy表示，“如果人们了解到饲养这种犬类的花费更高，狗更容易出现健康问题且容易死亡，那么将会有更少的人饲养这样的狗，饲养者也可能减少对短鼻狗的繁殖。”事物总有两面性，望能更好地发挥它的长处，抑制短处。

有人说，认识的朋友越多，越感到狗的可爱。这也有失偏颇。狗毕竟是狗，它不会说话，不会与你据理力争，它会听话或默默地去实行你的指令，这样的交流毕竟是有限的。但绝对不能解决你思想上的问题。这里还是要告诫养狗人士，在你决定要养狗前，务必要读一下有关的养狗须知，在权衡各方面的利害后才作出正确的决定。要养狗了，最好能做到“一狗而终”，不要半途而废。否则对狗来说，情感上颇受影响。

一转眼，夏洛克与我们相处已一年了，看着一个小生灵在我们用心呵护下渐渐长大，感到由衷地高兴，也颇感责任重大。它顽皮欢乐，与人相处时的亲近、友爱体现在平凡的生活之中。当你远行归来或下班回家，它会高兴地仰着头，迎上来，摇曳着卷曲的小尾巴，用那激动不已企盼的神情抱着你的腿久久不放；当你烦躁时，它会静静地匍伏在你身边，感同身受；当你在花园草坪运动时，有它陪伴的欢快身影……这就是它给你的关爱。如今我家的夏洛克已有六七公斤重了，上下楼梯不再畏缩不前，而是展示矫健的身姿一跃而上下。在草坪上一个个龙腾鱼跃、金狮甩头的接球动作堪称经典。有人说，狗狗的一岁相当于人的七岁，夏洛克已相当于一个学龄儿童了，该懂事了。看着一个小生命逐渐成长变得生机盎然，倍感欣慰。但愿夏洛克在我家能健康快乐地成长！

2015 年 2 月于澳洲

# 谈艺篇

# 越过山丘，时不我予的哀怨

三月到了，有个期待，是华语流行音乐之父李宗盛世界巡回演唱会来到悉尼。

那场演唱会的票，我在一两个月前得知李宗盛要来悉尼就闻风而动买了。以前对台湾音乐人李宗盛了解不多，近年来，他那些渲泄心扉的歌时而在耳边回响，像一坛陈年封缸酒一样散发出那种独有的醇香，隽永流长，载入华语歌曲史册，已成经典，无人能翻越他这座山丘。

当晚，悉尼星港城 The Star 的演艺大厅座无虚席，环顾左右，前后几乎全是华人，偶尔有几位金发老外，也有华人相伴。这场演唱会吸引了众多中国大陆和港台地区老中青粉丝，越临近演出，票越紧张。

“既然青春留不住”是演唱会的主题，由 57 岁的台湾音乐人李宗盛用自己不同年代的音乐作品，演绎青春无价留不住，是最适合不过的。李宗盛抱着吉他，款款步入台中，展示他标志性的灰白短发、黑框眼镜、络腮短胡碴及衬衣、牛仔裤，着装打扮就像一位邻家大叔一般质朴。他绝不以光鲜奢华示人，而以平易粗犷与略带沧桑感的外表取胜。浑厚嘶哑的男中音一开嗓即引得听众掌声。他先唱多首快歌，唱出自己的忙碌及对女儿的爱意。之后，演绎了《你像个孩子似的》《生命中的精灵》等慢歌而渐入佳境。

接着老李为营造场内气氛，侃侃而谈大家热衷的一些话题，在这些驾轻就熟的话题中，老李显得宝刀未老。以为他又将要隔空对话前妻林忆莲，谁知，他巧妙绕过谈起他与合作过的女歌手，说她们给了他不少创作上的灵感。一首《十二楼》为莫文蔚演绎而更具魅力。再唱响《爱的代价》，引至全场互动，将演唱会推向高潮。

李宗盛素颜到底，说说唱唱，宛如老友叙旧，轻松驾驭。看似高冷无表情，实则总藏不住温情与顽皮，感动之余，或专注、或莞尔，严肃幽默，格外惊艳。舞美也与他的平易恰到好处，只是远不如国内光怪陆离眼花缭乱。聚光灯下的老李平静内敛，而内心炽热，看似那样疏离浅淡、不动声色，真纯、坦荡，不染烟尘，时而伤感，时而温婉。大多数听众是来寻找失去的青春的，仅李宗盛这三个掷地有声的字就足以让他们瞬间有时光倒流的感觉。听老李的歌，犹如陪伴着他一同翻越人生的那些起伏不一的山丘，又如快速翻阅青春时光的字典，查找一个个注满肾上腺素的词意，每个词意都恰如其分，每个旋律都令人唏嘘不已，激动万分。但更多的是感悟老李的青春年华、事业、爱情、家庭，展示了一个独居男人难续前缘的无奈、痛彻心扉后的真情流露。

当《爱如潮水》一泻而出：

我的爱如潮水

爱如潮水将我向你推，紧紧跟随

爱如潮水它将你我包围

我再也不愿见你在深夜里买醉

不愿别的男人见识你的妩媚

你该知道这样会让我心碎……

没人会怀疑李宗盛那爱如潮水的真挚呼喊。这首由李宗盛作词的歌曲早已为世界华人传唱,是华语乐坛经典情感之作。从歌词中仿佛看到一个直率真情男子抨击心灵爱的誓言。有过刻骨铭心爱的经历才会有如此的感悟,也看出作者对美好爱情的呼唤与追求,看似平淡刚毅的外表,而内心炙热犹如岩浆般的浓浓爱意从心底喷涌而出,化为动人的歌词与华美的音符沁人心脾、令人动容。为之,全场粉丝热情高涨,那噙着热泪的呐喊声此起彼伏。

李宗盛用音乐渲泄着人生、青春、爱情的美好。让听众窥到他直白率真的心灵,读懂、理解了他那激情四溢艺术与人生之路坎坷与崎岖。最后,令人期待的那首李宗盛词、曲、唱三者合一的《山丘》响起:

想说却还没说的还很多,

攒着是因为想写成歌,

让人轻轻地唱着,

淡淡地记着,

就算终于忘了,

也值了。

还未如愿见着不朽,

就把自己先搞丢,

越过山丘，

才发现无人等候，

喋喋不休，

再也唤不回温柔。

那优美动听的旋律，富含哲理的歌词直击人心。人生不正是如此不知疲倦地在翻越一座座无止境、连绵不断的大小山丘，直到生命终止。李宗盛诠释了人生的忙碌与无奈，越过山丘后无人等待的窘境。

多少次我们无醉不欢，

咒骂人生太短，唏嘘相见恨晚。

向情爱的挑逗，

命运的左右，

不自量力地还手，

直至死方休……

演唱会在一阵阵掌声、呼喊雷动中落幕，难复平静。是啊，“越过山丘，虽然已白了头”，假如这样的歌词未够让人伤感，但“心里活着的还是那个年轻人”。人生的起伏悲喜，在这里似乎已经变得修行后的淡定与看化，是那“时不我予的哀怨”。迷漫着淡淡的哀愁、浓浓的深情。

走出 The Star 演艺厅，月光一泻大地，悉尼的海湾夜景平静而又内敛。此时，我思绪激情飞扬，不知为何会想起林忆莲唱红华语歌坛那首百听不厌的《至少还有你》。当她那飘忽不定如丝气声回荡在耳旁：

直到感觉你的发线有了白雪的痕迹，

直到视线变得模糊，

直到不能呼吸，

让我们形影不离，

也许，

全世界我也可以忘记，

就是不愿意失去你的消息。

你掌心的痣，

我总记得在那里……

心扉又一次激荡，无以安放。令人怎么也联想不到一双如此多情的男女音乐人在容颜的细微中感受岁月的美好与沧桑后竟会“爱成往事”。

一个从卧房到厨房、对生活嬉笑怒骂洞穿人生真谛的好男人的经典画面又浮现眼前，不知是伤感，还是惋惜！

2015 年 3 月于悉尼

## 收藏是对那段历史的眷恋

泱泱五千年文明古国,老祖宗给我们留下了取之不竭、用之不尽、极为丰富的文化宝藏。在这片广袤神奇的土地上,我们的文化瑰宝惊艳了全世界,创造了一个又一个辉煌。由此,我们也拥有了一支全世界最庞大的收藏者队伍。

大千世界,收藏是一桩既赏心悦目、锤练眼力,而又蕴含多种学问的趣事。五千年的文化传承,从小到米粒的雕刻、大到战车古建筑;从年代悠久的出土的兵马俑到近代屋脊瓦片;从破损难辨的残缺书画到五彩黄袍庶民长衫等,五花八门,琳琅满目,争奇斗艳,均为无数收藏者追捧折腰,收入囊中,视为珍宝。

我们这个时代不缺土豪、不缺时尚,独缺人文情怀。收藏为潮流所动,玩物玩出一片天地。收藏与时俱进,越是现代化摩登时代,人们的怀旧感就越浓郁。在古城西安秦始皇兵马俑坑每天有川流不息数以万计的中外观众,观赏几千年前上百成千尊栩栩如生、形态各异、真人大小的泥坯烧制的兵马俑。不少参观者千里迢迢从世界各地赶来,为能一睹“兵马俑”风采而感到庆幸。那恢宏壮观的场面,令人震撼，这是中国最值得骄傲的古文明遗址，也是世界首屈一指的文化宝藏。西安当地的古文化游览十分旺盛，以至当地百姓有这样的顺口溜：“翻身不忘共产党，幸福不忘秦始皇。”这些灿烂的文化瑰宝，早已成为世界文化遗产的一部分，是人类共同拥有的财富，无法估量它的价值。因为它独一无二，举世无双，极其珍贵。

过去我们常说“玩物丧志”，其实，玩物也可以长智，因为藏品里孕育着太多的文史掌故，太多的人文情怀。这些不同年代里的“沧海一粟”，是岁月沉寂后无声时光里的烙印，能折射出逝去年代的印记。

我也有不少收藏，当然不能与那些拥有名家字画、出土名瓷的收藏大家比，我的藏品只能算是旧物保存。这些物件虽小，有些还带着明显的工业化特征，但时代的印记还是十分鲜明。像这尊气压暖水瓶，是20世纪80年代的产品，既代表工业革命的发展与进步，又记载了时代历史的步伐。当时改革开放还刚起步，计划经济下的工农业产品十分匮乏，一个气压暖水瓶也成那年代的潮物，需15张侨汇券外加半个多月的工资才能购得。现在想来真是不可思议。我这款气压暖水瓶的图案是这样的：最上方是五个隐约可见的五角星，下面是1984年美国洛杉矶奥运会吉祥物“唐老鸭”笑容可掬、展手踢腿的欢迎姿态，它头戴红蓝相间的星条帽，帽檐上有奥运五环标志。图下是“1984 Olympic’s”，整个画面欢快热烈。

回顾那年，重返奥运赛场的中国体育代表团，在洛杉矶奥运会开幕后的第一天，便展示出新兴世界体育强国的风采。许海峰在男子手枪慢射比赛中所获的金牌不仅是本届奥运会决出的第一块金牌，更实现了炎黄子孙在奥运会上金牌及奖牌“零的突破”，一雪百余年来“东亚病夫”的耻辱。那年,北京时间 7 月 30 日上午,当许海峰夺冠的消息传回祖国时,他的名字立即响彻了神州大地。所以 1984 年的奥运会对中国来说意义重大,标志着一个新兴崛起的东方大国走向世界。

转眼已是 30 多年过去了,一件普通结婚置备的日用品竟与民族、国家的强盛联系在一起,令人感怀。中国在这 30 多年里发生了翻天覆地的变化,经济总量已列世界第二,体育已成世界强国。时代变化巨大,而我那尊气压暖水瓶依旧完好,望着它,似乎总能听到它诉说的那些沧桑岁月的故事。

我还收藏一件 T 恤衫。它是一件记载着中国在澳洲四万名留学生整体获得居留的纪念衫。这件居留衫的诞生,我还参与设计制作,T 恤衫胸前有我工作过的报社名,还有拳头大套红“号外”两字,还印有一篇特别的报道:一路春风挡不住。当时印发了仅一二百件,在悉尼报社附近的闹市街头与号外特刊一同派发。那是一个不眠之夜,一件 T 恤凝聚了多多少少学子的热切期盼,纪念价值非同一般。可以说“一件居留衫,坎坷居留路”。转眼间,这件居留衫也已有 20 多年的历史了。抚今追昔,总让我想起居澳岁月里那些群情激昂争居留的动人故事,那一幕幕恍如眼前。

在我数十件书法藏品中,有一幅书法也会时常拨动我的心弦。这是一幅书法大家周慧珺先生的作品,上书八个大字,是我工作与担任八九年厂长的厂名。那是 20 世纪 80 年代初期,我有幸调入刚开始筹建的市侨属企业,在车间锻炼一年多,就被上级主管市侨联任命为该厂厂长。任重而道远的我带领不满百人的小厂,意气分发开创侨属企业新的腾飞。记得那时,周慧珺先生在沪上书法界已小有名气,但未像现在这般如雷贯耳。她的书法我十分喜爱,那遒劲挥洒的一笔一画中融入了魏、楷、隶等多种书体精华韵味,而自成一格,独领风骚,博得众多书法爱好者的喜爱。我尝试着通过朋友向她觅宝,本想说说罢了,不料竟如愿以偿。如今闲暇时,展开那张还未装裱的书法,周老挥洒的八个大字,起收笔一气呵成,落款名行书点缀,可圈可点,令我赞不绝口。这30余年里,我从一个毛头小伙的年轻厂长变成一位移居海外的老华侨,当年蒸蒸日上的工厂在改革的洪流中早已不知去向。而周慧珺先生却如我当初预料的那样,早已当上了市书协主席、中国书协的领导,成为中国当代杰出的书法大家,声名日隆,桃李繁茂。今非昔比,如今她的书法作品飘红神州大地,万金难求一字。庆幸的是我那幅书法价值也突飞高升。

三件小藏品虽不起眼,它们的时代印记却异常鲜明,与我多变的人生有着千丝万缕的关系,是值得我回味与保存的藏品。几十年过去了,它们也产生过不小的商机,而我却无动于衷,一直如数家珍似的藏着。

风雨如磐,岁月似箭。当我们迈向夕阳时会感悟,真正拨动心弦的并不是那些价格昂贵、高大上的藏品,而是那些与你不期而遇的小物品,在你众多的藏品中扮演着非凡的角色,并在你人生的岁月长河中慢慢流淌,诉说着那段与你偶遇牵手的经历,令你十分感怀与玩味。

2014年9月于澳洲

# 镜头里恣意张望

摄影对于我来说是一种莫大的生活情趣，不论艺术，单就它记录的生活瞬间就足以证明它的独到之处。若再渗入些艺术养分，那就愈发充满情趣了。摄影的诞生，无疑是人类世界的一项伟大壮举，堪称人类文明的一大进步，可与中国的造纸术媲美。在分享摄影乐趣的同时，实际上也就是在分享无数生活片段与五彩缤纷自然景色聚焦成像的乐趣。

从小时候的手动135相机、“海鸥120”到数码卡片机诞生，再到现代的尼康D90单反、佳能Mark2、Mark3，镜头从28–55、55–120、100–200到100–400的长焦，还有广角、定焦等各类镜头。但奢华的装备不等于能拍出惊艳的照片，摄影路上的大土豪很多，不能以装备论英雄，这与小米加步枪照样能打出一个新世界的道理如出一辙。我并不痴迷于这些摄影器材，常规化得心应手的配备即可。只要心中总有摄影那回事，玩得高兴就是了。风雨兼程，一路走来，热衷追逐那些聚焦后的自然场景与人物，他(它)们才是令人怦然心动的被摄体，他(它)们才会给我生活带来无穷的快乐。

在摄影路上，我绝不是站在路边只为别人鼓掌的旁观者，我也东西南北追逐过无数个秋冬与春夏，为那些烂漫的春花、夏末的败荷、多姿的秋菊、傲雪的腊梅留影。几乎穿过整个中国，也游历过多国，曾好奇地恣意张望，面对神奇大自然摄人心魄的景致激动不已。不仅用眼看，还用聚焦的镜头看，回家还得慢慢看。世界这么美，总得让人好好看看。你不看，不仅错过了美景，更错过了人类诞生以来你独一无二的人生。你的人生无人可以替代，错过也就再也回不来了。

回忆那些年陪伴相机走过的青春故事，多么浪漫而温馨。澳洲中部广袤的无人区有我，江南水乡几十个迷人小镇有我，西北的大漠中有我，南国的紫荆花前有我，平遥两三千幢古宅中有我，英伦最具特色的爱丁堡中世纪的街道上有我，北疆的火焰山前有我，川西九寨沟五花池畔有我，广西龙脊梯田有我，河南郭亮的绝壁长廊等各大名川大山几乎均有我的身影。我还在赤道上空的飞机上追逐过喷薄而出的太阳、观赏过南太平洋晚霞满天的日落。到过咫尺天涯的灵隐，去过天涯海角澳洲的候巴特。我总感到旅游与摄影是一对孪生兄弟，始终紧紧相连。有行多少路拍多少照的强烈愿望。在我镜头中，出现的人物更是成百上千，有初生婴儿、豆蔻少女，有山村农人、市井百态等，也为不少影视文艺明星与作家留影。

这些林林总总的摄影片段，定格成了画面，构成了一个摄影爱好者的艺术人文情怀，记录了一个摄影人的成长之路，也是一个不知疲惫的拍客精心积累素材的源泉。断断续续几十年，心中的摄影乐趣从未削减，我总认为没拍万张照片罔论摄影，这是技术与艺术的结品，还要有充分的想象力，才能造就一幅有质量的摄影作品。当然任何事情，兴趣是动力。只要有兴趣，才会有每一次拿起相机上路的昂扬激情。

拾掇一些摄影片段，我执着的心路历程可见一斑。

记得多年前，一个澳洲的军团节，想搞摄影创作。一朋友领会我的意图，向我推荐一澳人俊男当模特。我从报社带了写会标的红蓝广告色到朋友家，见到那位当我摄影模特的青年俊男。他的形象使我满意。我跟他说了要在他脸上画面澳洲国旗，到外面街道在人群的烘托下拍几张照，前后约半小时，报酬是十元澳币，他欣然接受。我就在他俊朗的脸上涂抹起来。起先，将浓稠的颜料涂他脸上时还心有不忍，但一想到若这摄影作品成功后的喜悦，我再也不考虑这些了。红蓝色的澳洲国旗不时就飘扬在他不自然的脸上。我俨然像个导演与他来到马路上，在三五人群的背景烘托下，要他展示笑容、扬起手中小国旗、另一手做出胜利的手势。随着相机快门的咔嚓声，几张半身、侧面脸部特写的摄影作品按计划完成了。可等到照片洗出来后，才发现有诸多的不满，只能算是几张普通的人像照，似乎与摄影作品沾不上边。虽然这次创意失败了，但我悟到了艺术创作主题先行也是确实可行的方法。

转眼，第二年的军团节又来到了，吸取去年的教训，我拿起相机，投身闹市的游行队伍，去捕捉那些千姿百态的情景。总算在市礼堂前镜头聚焦一位退伍老兵，在秋日的斜阳下，他头戴欧式礼帽斜向右侧，帽顶有个红色小绒球，帽檐也有红色缎带，戴着一副宽边玳瑁眼镜，镜片后的眼睛炯炯有神，两鬓斑白，一张久经沙场、历练沧桑的脸,儒雅中略显刚毅。最引人注目的是左胸上那一排足有十枚系着五彩缎带整齐划一金光闪闪的各式勋章,深色的西服,白色衬衣系着暗蓝斜格领带。我一阵欣喜,知道这张才是我期盼的作品。这正是:有心栽花花不开,无意插柳柳成荫。照片洗出来后自感满意,随即脑海中闪现出一个大气的名字"澳大利亚之魂"。两天后,在当地有影响力的华文报头版大幅刊登,并配上相关报道。随后,此作品还参加当地的"我们眼中的澳大利亚"摄影大赛,从千余幅参赛图片中脱颖而出,与其他数十余幅图片共同展出,并获奖。后来,这次获奖作品被台湾《宏观》杂志刊登,有幸还收到了从台湾寄来的那本精美的杂志,捧着刊登自己摄影作品的杂志,又一阵欣喜从胸中掠过。

前年春天,在中国第一水乡周庄,因住水乡附近,当天清晨就能观赏晨雾笼罩中的水乡景致。这时游人不多,但那些早起的拍客也有不少。他们也知道早起的鸟儿有虫吃的道理。我步入河畔的面馆,吃了两口爆鱼咸菜面,当我抬头望向对岸时,一幅图景顿时跳入眼帘:一姑娘着民国皂色对襟衫,梳一条长辫搭在左胸,并膝端坐在还未卸下门板的门槛上,衫裙下露出一双着白色线袜小腿,脚着一双黑布搭扣鞋,一副民国时尚女学生打扮。我赶紧掏出手机,两三秒间拍了两张,因有点距离,清晰度不够,拿相机肯定来不及。事不宜迟,我立刻扔下面碗,拿起相机夺门而出。我在石板路上飞跑,等过桥绕了一大圈后赶到那儿,姑娘与那拍客早已不见踪影。我四处找寻也无所获。此时天空飘起小雨,我循原路返回。在水乡著名的景点"双桥"一侧,我又发现了另一场景,隔河对岸河流岔道的小石板桥上,有一位男士正撑着一把油纸伞,站在桥上看景。我心中一阵狂喜,抑制不住内心的激动,犹如打渔的终于等到了大鱼。我赶紧抬起相机,对着这样难得的“猎物”,此时正好有一条小船从桥下穿过,小船梢公着簑衣,摇着橹,正咿咿呀呀缓缓驶过,与桥上看景的人相呼应,浑然天成!老天不负苦心人!聚焦后的图像也较满意,这真是“失之东隅,收之桑榆”!

那年,在外滩外白渡桥一侧沿黄浦江一饭店近水平台上,眺望对岸的“东方明珠”,仿佛就在眼前。蓝天映衬下的对岸现代化建筑显得十分壮观,这是魔都上海的名片。我用相机拍了几张,总感到有些欠缺,不够生动。正在寻思着对策,偶见眼前通道边的几根灯柱旁矗立着几尊比真人还高的石膏混合制的西方女性雕塑。脑中一闪,怎么就地取材利用此物来完成一张摄影作品呢?我仿佛已构思了一个画面。想法是丰满的,但操作很骨感。我走到石像边用手轻推,石像纹丝不动;我又用力使劲一推,石像动了。我一阵欣喜,感到丰满的理想有望扫除骨感的现实。接下来,我就要费尽口舌说服该饭店的人员同意我挪动石像的请求。还好此时饭店顾客不多,已过了午饭时间。两位饭店的人员看我真诚,终于恩准我挪动石像的请求。但必须小心,用毕放回原处。我一口承诺。我放下摄影包,脱下外套,卷起衬衣袖管,挑了一尊心仪的石像就干了起来。唯恐饭店人员反悔。我双手抱着石像,轻轻离地平移,石像很沉,移半尺、一尺,都很费劲。我又改为倒拔杨柳状,总算将石像移动了十余米。喘着大气,并摆正了角度。拿出相机对着石像与陆家嘴高层建筑的组合,手在抖,取景框里的图像在晃动。我安定一下情绪,深吸几口这浦江边的腥湿的空气。再次端起相机聚焦,摄下了来之不易的几幅照片,感觉还颇有创意。一路上，捉摸着给照片起名，经筛选《外滩之恋》拔得头筹。

要说拍人物，我也有过多次与名人近距离拍摄的经验。那时，有不少中国名人造访澳洲，以文艺明星为多。那年，在澳的春节晚会可说得上是阵容庞大，马季、刘晓庆、周洁、朱明瑛、那英等悉数光临。我在后台拍了孤单一人在一角的马季、齐耳短发的那英、身着牛仔短裤的刘晓庆……在悉尼满汉酒家，拍下略带微醺的央视主播赵忠祥；在美膳酒楼小型晚宴上，将李准、白桦、姜昆等人一一摄入镜头；在闻名遐迩的悉尼歌剧院，入镜的还有宋祖英、董卿等人。入我镜头的还有不少政治人物，如教皇保罗二世、澳洲总理基廷、英国女王、悉尼市长、台湾“资政”郝柏村等名人。这些名人的生活片段与演出场景为我的摄影之路陡添了不少文艺与政治色彩，如争奇斗艳的百花园纷繁多姿。

我从不相信什么“摄影穷三代，单反毁一生”这样的无稽之谈。如果说有，仅仅痴迷狂热到了无以复加的地步，只是个例。当今新科技的发展日新月异，手机影像的诞生为摄影造就了更大的便利空间，也滋生了更为壮观的摄影爱好者队伍。摄影再也不是曲高和寡、难于入门的小众艺术。在各名川大山、城市乡村都能见到各色拍客的身影，他们对摄影艺术的追求与狂热永无止境，达到历史巅峰。

每个人几乎都有治愈自己心绪的良药。或一锅热辣了得、色香味俱全的沸腾鱼；或一段闹市高楼下抖擞身段的广场舞；或远足他乡攀登大山的壮志豪情；或一曲舒缓优雅、脍炙人口的轻音乐；抑或一场痛彻心扉、声泪俱下的哭泣等。而我偏爱游走四方，用相机与文字记录自然生命与各色人物的瞬间，感悟天地间的博大神奇与那一刻的摄人心魄。摄影也渐渐变得像是一剂舒缓心绪的良药，舍它不行。虽然难以成就大作品，但在默默前行中的无穷乐趣却无法言传。

2015 年 5 月于澳洲

# 酒是编织文学梦的催化剂

文艺工作座谈盛会在大家的期盼下如期召开，并在一阵阵激励声中圆满结束。被邀者爱之深、责之切。作协主席铁凝同志断然提前结束旅欧行程回京与会，深感重任在肩。当然，如我有幸在被邀之例，也会深感责无旁贷，难捺激动之情，不管路途迢迢，立马结束手上任何工作，提个小包，狂奔悉尼金斯顿国际机场。在祖国亲人国航柜台搞定一张最快飞北京的机票。要知道去北京能当面聆听习主席对文艺工作的指示及愿景规划，这是何等的荣耀与幸福。

要说如此盛会，有我尊敬仰慕的大家，不管我在国内还是国外，仍然是他们的忠实读者。当然会上也有一些投机“风派”人物参会，这是出乎人们意料的。在此也不能说不被邀请座谈会的就不关心会议的内容。实际上，不少会外人士也在抓紧学习盛会内容，力求跟与会者保持同步，与时俱进。

如果不是那么执拗，如果放开眼光，文艺座谈会其实还是有很多看点的。以小见大，以此来提高自己文学修养品位。比如说吧，我第一次了解到，习主席读过那么多的文艺书籍，这更加坚定了我在文艺中年向文艺老年的岔道上一路狂奔的决心。讲话中,有个很有意思的细节,说是因为《老人与海》的缘故,习主席两次去古巴,都寻觅过海明威的踪迹,一次去海明威常去的栈桥上溜达了一圈儿,另一次特意喝了一杯海明威常喝的朗姆酒配薄荷叶加冰块。这样的追逐文学大家的故事很感人,给人颇多美好的遐想。

朗姆酒我也喝过多次,它不像拉菲那么高大上,过去它是海盗的专用酒,廉价而浓烈。即使在国内,朗姆酒也是洋酒里较为普通的一种。我第一次喝朗姆酒,是在一名颇有知名度的国企老总的家宴上。他郑重其事打开一瓶刚从英国带回来的朗姆酒。他给我倒了一小杯,然后用瓶塞刮了一下淌下的酒液,让我模糊地意识到那酒很珍贵。为之,我曾激动一番。后来,我也多次喝过朗姆酒,一般也不加薄荷叶和冰块。还有那种叫 B52 的朗姆鸡尾酒,有人形象地称之为“轰炸机”。一个玻璃杯只有不到三分之一是酒,严格说,这液体中还有一层牛奶,白白厚厚的一层覆盖在酒液上,底下才是清澈的朗姆酒,绵柔中透着浓烈。在江西南昌、成都春熙路、香港兰桂坊、郑州经纬路、悉尼 Rocks 等酒吧里,我几乎都曾尝试过此酒。酒后微醺,也未产生联想,在这些夜店里,欣赏过类似吉克隽逸等好些不知名歌手的演唱,可从来没想到过海明威也热衷于此酒。而每当酒吧声浪达到巅峰时刻,我却已睡意朦胧,要打道回府了。要说以上最嗨的要数兰桂坊与郑州金水路酒吧。说了这么多,我的意思是,习主席在那么高端的会议上聊到这些关于喝酒与追慕文学大师的故事,其实是很有人情味的。激励着文学爱好者编织美好的“文学梦”。

酒这东西很神奇,喝酒的人几乎都有关于酒的故事,或平淡浅显，或深奥高远。有人喝酒解愁消沉，有人喝酒志趣远大。习主席崇拜心中的文学大师，会去品尝大师所爱喝的酒，还远涉重洋感受大师的生活意境。这样的壮举既令人感怀，又令人艳羡，是我等远不能及的。这体现了习主席对文化的虔诚、对大师的崇敬，是个极好的范例。

酒真能衍生出许多美好难以忘怀的故事，这就是酒的魅力所在。

2014 年 10 月 28 日于澳洲

## 童年趣事

回望童年，几乎是很遥远的时光了。但一些人和事却记忆犹新，恍若昨日。

那时，没有电脑，没有手机，也没有电视机，却整天也玩得很快乐，还感叹时间不够用。仿若抽打的“陀螺”般，为玩不停息。回想那些老土简陋的玩具，时而会忍俊不禁，报以讪笑。有些事随风飘散，支离破碎，有些事在记忆中留下点滴痕迹，虽不属高大上之列，却因有趣在脑海中留了下来。

那时只要天好，早晨菜场一带总有一些南来北往小商小贩聚集在那里，时而也有耍武功、卖拳头、卖狗皮膏药的商贩出没。他们刀枪不入，拳击砖块、掌劈瓦片等独门绝技引观者喝彩。我们两三个小伙伴也是捧场的常客。那时以他们为傲，有同学小余还真下定决心，回家架起了盛满黄沙的破铁锅，练起了那时流行的“铁砂掌”功。说白了，我们看了几场这样的“功夫秀”后，也产生过质疑，尤其是那手掰砖块，并用手指碾成粉末，令人惊奇。终于有一次，在小余的不懈努力下，这在我们心目的绝技终于轰塌了。缘由是这批卖拳头的隔夜清除设摊附近的砖块，并代之自己的道具砖块，这个举动偶尔被小余发现。他像发现新大陆般紧急约上我们几位，说隔天看好戏。

天刚蒙蒙亮，我们就挨家挨户集合了三四位同学，跟着小余来到了前两天看卖拳头的地方。这时天才大亮，绝技一一过目，依然精彩。此时观者已围得水泄不通，在主办者的诚邀下，有观者拿附近的砖块呈上，当场被拳师掰断并碾成扬扬洒洒的粉末，飘落在地上，引得全场掌声喝彩。掌声未落，只见小余从小书包里拿出用报纸包着的一块砖，大胆走上去，拳师起先还不屑一顾地玩弄砖块，等把玩砖块的几个方位后，才知"吃药"了，终究露了破绽，拱手谢各位，说今日功力不济，承蒙包涵！大家扫兴，一哄而散。昔日我们心中的大神，就这样被小余轰塌了。小余练了一年多毫无进展的"铁砂掌"也告结束。

想想小时候真是傻得可爱。一次，一位大我十几岁的街坊大哥见我在弄堂里没事，就说："能不能帮一个忙？去弄口的药房问问有没有'柜台猢狲'买？"用上海话说"柜台猢狲"与用普通话说"柜台猢狲"大相径庭，还有用语言与用文字表达也会相差很大。那时，我根本不知"柜台猢狲"是什么？只知大概是一种中药名吧。我说好呀就快步向弄口前的那家老字号"泰山堂"药房而去。到了药房，推开铜把手的木框玻璃门，见一穿着白大褂、两袖管上套着蓝卡其袖套的男营业员正趴在柜台上，比柜台高不了多少的我走过去，煞有其事地说："师傅！有'柜台猢狲'吗？"话音刚落，只见柜台里的他顿时变脸，伸出巴掌在我眼前抡起，吓得我一个踉跄，转身离店飞奔而去。还听到那男的追出店门，朝我逃的方向骂骂咧咧："小赤佬，饭吃饱了！回来，看我好好教训教训侬！"说真的，那时的我真不明白"柜台猢狲”是啥意思，怎会惹得营业员如此大发雷霆？等我心神不定回弄堂找那位年长的街坊时，早已不见他的身影。后来才明白过来，那句用上海话说的“柜台猢狲”的意思。也总想找个机会，使点小把戏报复一下这位捉弄人的街坊。随后几天，正好家人要我去药房买“胖大海”之类的润喉药，我都推脱不去，怕药房那个男的还认得出我。家人也不知我推脱的理由。

童年虽说调皮，但又有谁的童年不调皮？不过我们那时也没闲着，追求科学、叩开好奇事物的信心从未停止。那时的《十万个为什么》也经常看，也在《少年报》上见过坐在轮椅上的“高士其老爷爷”。正当我们编织小科学家梦的时候，一场灭顶之灾突降而来，击碎了我们通往科学家的美梦，学校也停课闹革命了。放任自流的我们从此流入社会。

那时，“明矾水书写显字游戏”使我记忆至今。就是将一小块指甲大小的明矾泡在半碗水里，一会儿明矾溶于水里，用毛笔蘸着这水书写在手纸或报纸上，等字迹干了，将纸片放在水面上，即显现刚写的字。后来，我写了一整张手纸的六个大字，给了前面那个捉弄我的街坊，并说是有人给他的一封情书，他急切地问我是谁？我说，你回去将纸漂在水面上就明白了。他回去的情景可想而知。“你是个大坏蛋！”六个大字会醒目地漂在水上。

有些小事虽不经典，却往往令人回味。上海人一般都将液体盛在容器里，称“拷”。这也比较形象，拷墨水、拷老酒、拷酱油、拷洗洁精等，均用一个“拷”字。当然时过境迁，现在早已不“拷”了，旧瓶弃之，整瓶购入。那时，一般都用吸墨水的钢笔，用圆珠笔算是比较上乘的，与现在比正好颠倒。那时文具店都有三个倒放的大玻璃瓶，三个玻璃瓶各装三色墨水，有蓝黑、纯蓝与红墨水，大瓶上有刻度，下端有橡胶管被夹子夹住。这三大瓶墨水是文具店里一道风景线，几乎每家文具店必备。记得一次，去家附近马路对面的一家叫“盛昌裕”文具店拷墨水。天气较冷，一位中年男子看看我带去的这个墨水瓶，说实话，我也觉得此瓶有些怪异，它像一个仰躺的人，瓶口似头微微抬起。那时拷一整瓶墨水是八分钱，半瓶是四分。我说拷一瓶蓝黑。男子熟练地将橡胶管放入墨水瓶里，放开夹子，墨水顺着胶管流进小瓶。过了一会，这大瓶墨水在往下移，可小瓶却还未灌满墨水。再等一会，男子感觉有异，往小瓶一看，竟半瓶不到，再仔细一看，大呼上当！赶紧关闭夹子，停止大瓶的输出，可已酿成小祸。由于他拿墨水瓶的平竖不当，致使不少墨水没进瓶肚，只在瓶颈处灌满后溢出，顺着他的手、手腕，流进他袖管里的手臂，直流到他的手肘，他感到手臂处凉嗖嗖的，大冬天的，他擦洗麻烦，更主要的是这墨水渗在衣服上也难洗。此次“拷墨水”引起这样一个小插曲，真对不住人家营业员，吓得我再也不敢用此瓶去拷墨水了。其实，此瓶倒是一个值得收藏的工艺品，几十年过去了，那墨水瓶的形状仿佛还在眼前，它非同一般，但只知其形，已不见其身。

以上谈墨水，又让我想起一段去污小插曲。那时暑假，见过街头另一出小闹剧，也使我们着迷，苦于科学知识乎乏，一时难以将这伪装剥去，按现在时新说法，是打假。

那是一个下午人流较多之时，一位设地摊卖“立刻净”的中年男子迷倒了不少人。不是他的形象迷人，而是他出售的产品功效了得。

他口沫横飞在吹嘘着他的产品，是两三厘米长，铅笔粗细塑料小瓶里的绿色物品。他说去污能力极强，只需两三分钟立竿见影。说着，他也真敢让大家见识：移步就取围观人群中那位男子推的自行车链条上的黑色油污，戴了塑胶手套刮了一截涂抹在自己白色“的确良”长袖衬衣的左袖上。黑色油污在他的白衬衣上十分刺眼，围观者眼睛齐刷刷地盯着这一幕。当然在场感兴趣的还有我们。见证的时刻到了，只见在他和他的同伴配合下，一小桶水里挤进一塑料瓶中的绿色物品，待绿色物品溶解水中后，他将涂有黑色油污的白袖管浸入水中，又拿起轻搓后，刺眼的黑色油污立刻不见踪影，全场一片哗然，并报以掌声。很多人都纷纷说“真的”“真的”，证明自己没看走眼。刹那间，大家踊跃购买“立刻净”，一哄而抢，摊主满意收场。我与小伙伴们也各买一瓶，回家给家人用，等着受表扬。一周过去了，一小瓶“立刻净”用完了，只听家人诉说没一点洗净效果，同学家的也一样，我们都被小贩骗了。看来小贩是经过一番乔装试验来迷惑人的，不知其中奥秘是不易拆穿的。

后经过几次观摩实验，这道曾经横亘在我们小伙伴面前的“世界难题”终于解开了。可说是“戏法人人会变，只是巧妙不同”罢了。原来小贩的“立刻净”是假，自行车污油是真，“的确良”衬衣是真，但做了手脚。这是关键，小贩将白衬衣浸泡在高浓度的肥皂粉水里整整一晚，再从皂粉水里撩起晾干，出门摆摊时穿上它，即可抵挡任何污渍。当污渍涂抹在衬衣上时，实际污渍只涂在了衬衣表面的皂粉上，由于密集的皂粉组成的防污层，隔离了污渍直接渗入衬衣，此时，用水马上冲洗污渍处，污渍随皂粉即刻同时流去，衬衣上毫无任何痕迹。

“同志们！捉牢伊，投机倒把贩卖喇嘎爬(即癞蛤蟆)！”这也是那时我们经常对小贩的唱词。

时代在进步，世界在发展。如今这些小伎俩、小把戏早已不入世人之眼，什么“人造鸡蛋”“黄金大米”“废塑驴皮胶”等眼花缭乱的新发明，已登峰造极，足以迈进新时代伪造极品之殿堂，令人瞠目结舌！

2016年4月于澳洲

# 看电影

童年是遥远的，但有些印记却是清晰的。随着春风夏雨，透过时间的沉淀，只留下美好、清澈及深深的怀恋。

小时候看电影真是一件愉快的事。每人都会有第一次看电影的那种奇妙的感觉。那时还在读小学，为隔天要看一场电影，晚上会兴奋不已、睡不着觉。想象自己坐在漆黑一片的电影院里，眼睛盯着前面那块硕大无比银幕上跳跃的画面，真是一种妙趣。科技会将那些你无法想象的事情，如梦如幻般地展现在你面前，令你惊奇不已，让心潮与剧情的发展起伏跌宕，这就是电影带来的无穷魅力。

记得，一次为看一部向往已久的彩色儿童故事片《宝葫芦的秘密》，还惹出一场不小风波。我与两位同学放学去影院买了隔天的票，是中午场的，我们推算利用午饭时间看场电影，不会影响当天下午上课。

可人算真不如天算。为赶电影开映时间，我们已谋划好，三人必须分别提前离开学校，在学校门外的大路口会合。当天上午第三节课后，我们先协助小艾从小操场厕所旁翻墙离了校。第四节是数学课，刚上课，小童就回头向我眨眨眼，示意要离开。他坐前排，趁老师在指导其他同学作业时，神不知鬼不觉地溜出了教室，老师居然也未发觉。而我一直心神不定，老师讲什么全都没听见。望眼欲穿地看着黑板上的时钟在飞快地走着，心里一阵阵躁动。又过了一会，也不知哪来的勇气一溜烟地离开了教室。我没有翻墙，趁门卫大爷提着水壶去取水时，从门卫室的小门离校。那天正好下雨，我们看了学校旁一家粮油店的钟，发觉离电影开映的时间快到了，就急忙向电影院飞奔而去。由于天雨路滑，小艾摔了一大跟头，把口袋里的煮地瓜与煮鸡蛋都压得一塌糊涂，脸也成了大花脸，头发与脸颊挂满了雨水与泥浆，衣裤上也是如此，一副惨不忍睹的样子。等我们赶到电影院，我们俩掏出了电影票，而冒失鬼小艾掏遍了全身衣裤的口袋，就是掏不出一张电影票来。他这才想起电影票还在教室书包里的铅笔盒里躺着呢！为证明小艾和我们一起买的票，我们向检票员阿姨好说歹说，阿姨看了小艾这副落魄好笑的样子，说了句："若有人拿你的票来，你要出来让人家的。"我们异口同声地说："好！"终于放小艾进去了。在电影院的厕所里，小艾稍微用手擦拭了一下身上的泥浆，就这样端坐在电影院里看完这出心仪的电影，仿佛摔成这样、没吃午饭都与他无关似的。真是事不凑巧，影片放到关键处，银幕上打出了"跑片未到，稍候片刻"的字样。就这样，我们本想看好电影后，赶回学校上课的良好愿望又活生生地破灭了。

没有不透风的墙，我们仨逃学看电影的事被老师知道了，不仅在全班点名警告，还要在早读课上作自我检查。这是我在小学犯的一例可算是最严重的错误。

后来，学校组织我们看了黑白影片《农奴》。是部描写西藏农奴受剥削阶级欺凌的电影。记得那时还小，但农奴悲惨的生活、恐惧的场面深深印在脑海里，至今片中“强巴”凄惨的形象还会在眼前浮现。

再大一点后，有两部电影比较出名。一部是《秘密图纸》，一部是《跟踪追击》，两部都是描写警察抓特务的电影，那时主演的田华出了名。记得电影结尾有个片段：当警察搜遍全船没发现特务后，并没气馁，而是返回小公安艇环绕大客船一圈，在船后的机动桨处发现一堆稻草等漂浮物，田华饰演的女公安火眼金睛，一丝不苟，在漂浮物中发现有汽泡，靠近汽泡处，在水面上用手牵出一橡皮管，手掐橡皮管，顷刻之间，一个大特务匪夷所思地冒出了水面。

小时候看这些电影特来劲，真被这些神勇的警察迷住了。

几乎在这同时，又有几部电影问世，其中有一部是描写做好人好事的警察电影《今天我休息》。男主角仲星火又火了，他也是另一部电影《李双双》的男主演。总感觉那时的电影演员比现在的强多了，至少演得真实。

那时，离家不远有座电影院。直至电影院被拆，在十余年的时间里，我至少去过百余次，对该影院了如指掌。那时的影院都很大，它处于闹市地段，门前有七八级台阶，门面很大，左右两旁的墙上有两大块电影海报广告栏，你在很远的地方就能见到预告放什么电影。那时在学画画，所以特别注意电影海报。那影院的两块海报栏，也成了我们几位画友评判海报画得好坏的标准。影院进门是一大厅，左右两边为男女厕所。两边墙上玻璃橱窗里分别介绍一些电影内容，两边还有楼梯，楼上是放映室，在楼梯口会拦一道绳，吊块牌，上面写着“放映重地，观众止步”。令人瞩目的是环绕大厅的墙上，镜框里悬挂着多位电影演员的黑白照片。有赵丹、王丹凤、孙道临、张瑞芳、王心刚、王晓棠、谢芳等，这些炙手可热的大明星在那个电影当红的年代是最受影迷所追捧的，那时像程之、刘江、顾也鲁、程述等这些演大坏蛋的演员，在我们幼小的心灵里从未有过好感。记得每回来此，目光总要扫一下这些大明星，像向他们行注目礼一般。这些大明星全是那年代崇拜的偶像，谈到他们某一位，我能不费吹灰之力说出一大串他（她）主演的电影。那个年代，电影在人们的文化生活中占据了主要位置。经过大厅，前面左右就是分座位单双号的两扇门，进去就是观众大厅。这里总计有 35 排，每排有近 40 个座位，能容纳千余名观众。现在已找不到这么大的影院了。那时若逢电影散场，真是一大景观，千余名观众一时像潮涌般势不可挡，马路为之堵塞。现在再也见不到如此壮观的观影场面了。

那时的电影几乎没有商业片。像《早春二月》《大浪淘沙》《野火春风斗古城》等都是思想性、艺术性很强的电影。经历“文革”疯狂年代，文艺作品是不折不扣为时代服务的。那时也应运而生了不少标签性的电影，《火红年代》《春苗》《决裂》《闪闪的红星》《难忘的战斗》《海霞》《小螺号》等。“文革”后期也出现过一段文艺上的宽松期，这期间也有不少好作品应运而生。像《城南旧事》《巴山夜雨》《牧马人》《天云山传奇》，还有被禁锢了的爱情故事也有了新的突破。如《庐山恋》《小街》等。这些电影有着较强的时代特征。还有描写知识分子的《人到中年》等，都是非常不错的作品。也有不少反映抗战革命斗争的电影重新放映，如《地道战》《渡江侦察记》《三进山城》《苦菜花》《小兵张嘎》等。

那时家里常年订阅电影期刊《大众电影》，一册在手，纵观中外电影。那些期刊中的明星剧照，也成了装饰居室环境抢手的图片。

这期间，还有不少日本电影不得不提，《人证》《望乡》《追捕》《华丽家族》《砂器》《远山的呼唤》都是百看不厌的好作品。印度电影《流浪者》，英国电影《简·爱》、巴西电影《叶塞尼亚》，还有美国的《百万英镑》《北非谍影》《魂断蓝桥》《卡桑德拉大桥》等，均为脍炙人口的好电影。随着这些电影的上映，也造就了一批中国译制片幕后明星，他们如彩虹般美丽，飘扬在中国译制片的制高点。他们那美妙的声音使人难忘。他们是：邱岳峰、毕克、童自荣、尚华、丁建华、刘广宁、苏秀、李梓等。中国数量众多的译制片，也为中国电影的发展立下汗马功劳。说起外国电影，那时虽然中国较为闭塞，但也有不少可看性电影进口，被称之为"欧洲社会主义一盏明灯"的阿尔巴尼亚的《海岸风雷》《宁死不屈》《创伤》等，还有稍后南斯拉夫的《瓦尔特保卫萨拉热窝》《桥》，都是不错的电影，这些电影中的不少经典对白，不少观众倒背如流。我就见过朋友的一位影迷，能背出电影《海岸风雷》《简·爱》等中的大段对白，如：

"空气在颤抖，仿佛天空在燃烧。"

"消灭法西斯、自由属于人民！"

"这桥洞像什么？像屁股！"

"萨拉热窝的公民们：德军司令部最后一次向你们宣读公告！"

"不要往两边看，一直往前走。"

脱口而出，毫不费力就知出自哪部影片。

电影《简·爱》中，简·爱与罗切斯特的经典对白：

简·爱："你以为我穷，不美，就没有感情吗？你想错了！如果上帝赋予我财富和美貌，我也会使你难以离开我一样，就像今天我难以离开你。上帝没有这样！我们的精神是同等的，就如同你跟我经过坟墓，将一样地站在上帝面前！"

后来在桑切斯特，罗切斯特遭遇了一场大火，眼睛失盲。两人又一次相遇：

罗切斯特："那里有人吗？谁呀！"

简·爱："是我。"

罗切斯特："简？"

简·爱："是的！"

罗切斯特："简！"

简·爱："是的！是的！"

罗切斯特："笑话我吧！是你？简，真是你？你是来看我的？没想到我这样？嗯？何如，哭了？用不着伤心！能待多久？一两个钟头？别就走！嗯，还是你有个……性急的丈夫在等你？"

简·爱："没有。"

……

电影《简·爱》中的这些经典对白，从配音演员李梓与邱岳峰的声线传出，魅力无穷！

这些简短对白，虽然观影已数十载，如今我还能一气呵成地背出，从中也能窥见一位影迷的观影历程。记得那时我们曾住过的政法大院，有电影《难忘的战斗》《南昌起义》《小街》等多部电影与电视剧在那拍摄。我会尾随着这些演员,领略拍电影的奥秘与乐趣。那时还有露天电影放映,夏日的夜晚坐在草坪上,满天的繁星下,人头攒动,在微风中,银幕上的故事吸引了成百上千的观众,而我们几个捣蛋鬼别出心裁坐在银幕的背后观影,也别有情趣,电影人物的眼神、手势等会与银幕前相反。

时光虽远去,不知为何,观影的这些美好记忆,却还能完好无缺地保存在记忆中,挥之不去……

中国是一个电影大国,电影如浩瀚星空,难以用一篇小文叙述详尽。可通过观影,我领略到奇妙的世界与那些近在咫尺的各色人物,通过他们获知了电影艺术的无限魅力,在电影院里常能感受到拨动心弦的一刻。电影,改变了我的生活;电影,使我如痴如醉。

由看电影到在单位组织影评兴趣小组,后来参加区市影评组,并有多篇影评小作得以发表。记得我的一篇电影《汤姆叔叔的小屋》观后感,还得了奖,由此还获得了市“振兴中华”读书指导委员会颁发的奖状。

当今时代,电视当红,又是网络发展的飞速时代!电影在这片汹涌澎湃的大潮中只占一小部分。人们现今足不出户,一键就能知晓世界,当然电影也包括在内。但我有暇还是要去感受端坐在电影院观片的感觉,那种久违的感觉令人神往、一如初心!

2016 年 5 月于悉尼

# 世界奇观

## ——中秋偶感

今年的中秋，是在悉尼春寒料峭、连绵阴雨的意兴阑珊中到来的。祈盼雨过天晴，中秋之夜的月亮会又圆又亮，给人间带来更多的温暖与欢乐。身在异乡为异客的我突发奇想，翻遍西历想找寻与此相对应的节日，却徒劳无获。东西方文化差异，在节日上也体现出迥异的表述方法，各尽所能，各有所长。那些我们早已耳熟能详的情人节、愚人节等，都颇具西方时尚文化元素色彩，直白且娱乐性强，我等异乡人也曾经历多遭。反观我们的节日内涵更婉约寄情。“中秋”尤为突出，多少倜傥文人骚客为之倾情，留下无数不朽佳话。

“中秋赏月暨团圆”寓意高远，这无不彰显祖先在远古时就怀有崇高的人文情怀与伟大智慧，蛮荒之年就能借喻自然界的月圆之日来寄托人生的美好愿望。中秋一说，凝聚了先辈的创新意识与聪明才智，充分体现了礼仪之邦博大的文明意识与深厚的文化底蕴，为世界文明的传承与发展作出了贡献。故才有现今独树一帜的“中秋申遗”之说。相信这个渐被世人认可、约定俗成的中秋节，会发扬光大，成为世界性的节日。那是我们的荣耀！

在这月朗星灿、风清云淡之夜,在南半球澳洲初春节气里过着北半球秋天的节日,的确另有一番情趣。这里常年蓝天白云,更有无数次随意能做到的面朝大海、春暖花开的别样景致。但这里缺失的是故国秋夜那高远深邃的星空与巍峨群山莽莽大河的壮丽图景。在这样一幅美丽画卷中,一轮明月当空才更具诗情画意。不一样的场景得到不一样的感受,但在故国皓月下的中秋才是最美的。

相信中秋之夜明月当空,全世界几亿双无关贫富贵贱的眼睛,在天南地北齐刷刷地穿越时空秒杀观月达到高潮！这才是真正的世界奇观！无可比拟！天涯共此时,是人们对美好生活寄予厚望之时!

从大家庭的涵义上说,在海外工作生活的你我均属“遍插茱萸少一人”之列。默默地期待明月来传递我们对亲友的良好祝愿吧：中秋快乐!

2014 年中秋节前于澳洲悉尼

# 在新常态下“美丽乡村”编辑工作指导与探索

经过30多年改革开放暴风骤雨的洗礼，当今社会主义农村已发生了翻天覆地的巨大变化。处于富饶发达引领我国城乡发展经济前列的长三角地区，生机盎然。具有无限历史底蕴、厚重文化的江南乡村，犹如一颗颗璀璨的珍珠撒落在江南富饶而又神奇的大地上，人杰地灵，熠熠生辉，焕发出新时代独有的光芒。江南乡村不仅大力发展经济与文化，旅游业也受到了中外游客的追捧，并且还受到了国际级会议、赛事的青睐。2014年美丽乡村浙江乌镇还荣膺世界首届互联网高峰会议的所在地，迅即将美丽乡村乌镇推到了世界面前，让世界一睹乌镇的丰姿。这无疑是对我国江南水乡独特的人文景观给予的肯定，也给我们编辑“美丽乡村”的极大鼓舞与鞭策。我们也深为有幸参与编辑该专版而感到骄傲与荣光。

下面就对该版编辑工作的四个方面作介绍：

## 一、贯彻宣传国家的农村政策

站在全国城乡的高地宣传农村政策，建立长效的乡镇村联络机制，即时将农村的“新农民、新村官、新风貌”以报告文学、专访或短平快的新闻报道见报。建议辟“一周长三角农业新闻”专栏，每周刊登30条左右的一两行字的该地农村要闻。辟“乡村读者编读往来”专栏，解答一些国家及地方的惠农政策。同时，密切关注民生实际利益（如农村宅基地、破坏环境排污）等农民普遍关心的身边问题。聘请相关专业人士与管理部门进行解答与处置。还有，加强宣传弘扬农村精神文明的事例（包括各类相关文化、技艺与体育赛事等）。

## 二、大力弘扬乡土文化

江南水乡的古镇古貌传承悠久历史文化，是中华文明的瑰宝。继承发展与宣传保护是我们应尽的职责。在上海周边及长三角地区各具特色的古镇有成百上千个，它们风格迥异而又依水相连，有它独特的文化传承，孕育着极为丰富多彩的乡土特色。已经聚集人气，吸引了众多中外游客在此流连忘返，感受到江南乡村的无穷魅力与独特的人文景观。这里，还有浓浓乡土味的金山农民画、松江的顾绣、农村乡俗味浓的捏泥人、剪纸等乡村传统工艺。还有不少富有地方特色名闻遐迩的如昆曲、越剧、评弹、沪剧等传统戏曲，江浙一带更为丰富。这些独特的乡土文化标签名扬世界，是中华文化的奇葩。

除此之外，该地区的饮食文化也极为丰富，是舌尖上中国的华丽篇章。还有江南别具一格的水乡景致；那些有着上百上千年历史、享誉中外的园林特色；还有传承悠久的各色乡村集市庙会等。这些都是宝贵的历史遗产，是我们弘扬宣传特色乡土文化取之不尽、用之不竭的丰富宝库，是我们笔触与镜头所向之处。

## 三、着力报道推广致富实例，大力宣传农科新貌

农业的发展离不开科学技术，科学种植、水乡养殖等均是关系农民切身利益的致富之途。介绍推广这一系列经验，小有座谈会，大到报告会，引领广大农民走上更富裕的道路。目前所知，在江浙一带还有不少中外结合的农科园区，已经结出了丰盛果实，是科技农业的小康之路。

## 四、积极参与组织策划大小型与乡村相关的各类活动

采取“请进来、走出去”的互动模式。面向乡村，组织各类农科、种植、养殖与传授致富经验等报告会，也可策划一些与国外华商出资扶持的“中国光明行”（赞助施行中国白内障眼疾患者手术）类似的深受农家欢迎的医助活动（积极牵线搭桥的可行性较大），或其他比较直接见效的惠农活动。

策划宣传美丽乡村、城镇，每年至少组织举行以一镇命名的摄影大赛活动与农村书法、命题征文大赛，以此提升打造古镇和乡村的品牌与知名度，众多爱好者通过此类赛事不仅参与了社会活动，还提高了艺术文化修养。

策划报道有农村特色的各类体育活动与赛事。如运动会、象棋、围棋与拳术等。

积极参与策划城乡园林的花卉盛事。如南汇的桃花节、顾村公园的樱花节、苏州天平山的秋天红叶及《荷塘月色》的世界最大荷花种植地等。在此，我们注意到了报社近年来举办的“上海辰山植物园”

与“南翔古猗园荷花节”等活动，都收到了较好的经济效益与社会效应。本人及周围朋友也曾积极参与。

以上就是“美丽乡村”专版的编辑思想及初步规划，在以上所列的每一个项目中均能产生出一定的经济效益，望能起到抛砖引玉的效果。

如果我们有幸参与编辑“美丽乡村”工作，在深感职责与重任的同时，也不辱使命，无愧于时代，义不容辞，勇挑重担。以当今长三角乡村腾飞发展作为编辑动力，力争编辑工作具有创新意识与科学发展观，兼听各方意见，发挥团队精兵强将各尽所能的用武之地，集思广益，提升该专版的可读质量与力争走在同类刊物前列。

我们将以一个都市人的眼光去发现江南乡村的美，去了解乡村的点点滴滴，把心沉到乡村去。把江南乡村比作一个花团锦簇、争奇斗艳的百花园，我们精心去采集那些盛开的鲜花，来装点我们的“美丽乡村”，让“美丽乡村”飞入寻常百姓家。在贯彻国家农村政策中、在报社领导下，用我们的聪明才智将青山绿水、生机勃勃的“美丽乡村”打扮得更加妖娆迷人，充满魅力，为圆中国梦而不断前进！

2015年4月18日

# 春天的童话

与天际相连的那片令人向往的金黄色，虽然没有澳洲蓝花楹渲染成浓浓的紫色令人遐想，也没有茶花色艳炽烈奢华高贵，更没有故土婺源菜花点缀厚重徽派建筑的历史悠远，但她绝对是悉尼远郊广袤田野里早春一道最亮丽的风景！姿容清丽厌奢华，淡淡平平不自夸。在旷野田间摇曳着纤细的躯体，顶着一张张黄色的笑靥，最早把这春天的讯息带来。似报春衔泥的雨燕欢快地在这春潮涌动的田野里追逐翩翩起舞，星星点点，随风吹过，汇成一片金色的海浪，重重叠叠，随风荡漾，这海浪越过屋前田间、土岗山坡，绵延数十里自由绽放……

记得上次与油菜花亲密接触已经是多年前的事了，是在上海近邻江苏角直远去的田野里。满满两辆旅游大巴的游客，围着一大片油菜花转来转去，欣赏了一两个小时。江南水乡的油菜花长势诱人，虽不是茫茫一片，但多少了却一个企盼春天到来的心愿，使之能得以实现，那就无关乎油菜花的多少，哪怕就是一畦，也足以说明春天已经到来！

今年春季能在澳洲观赏到油菜花尚属首次。感觉这油菜花是中国的产物，是春风吹绿江南岸的另一道春天的色彩，与澳洲似乎没有关连。当看到几张与澳洲相关的油菜花图片后，还在将信将疑。2016年9月中旬的双休日，受邀踏上澳洲ADPA数码摄影协会的油菜花采风之行，才真正感觉到离心中的那片金黄色已相去不远。

在悉尼西北方，约350公里外，驱车行程约4小时，终于观赏到了那一幕域外久违的早春盛宴！我们这次的摄影采风团共计40人，年龄最小的是个小女孩，年约七八岁，随拍客父亲而来。年长者是70多岁的老伯，爱好摄影还没几年，但已经是身经百战的摄影老兵了。我们这次共出动十辆车，大多是4驱动的越野吉普。每辆车配备一

悉尼郊外盛开的油菜花海

台专用频道对讲机，由团长开道，副团压阵。还有随团的既是拍客又是模特，为本团陡添了另一道浓浓的色彩与情趣。

两天的活动行程内容紧凑、富有吸引力。第一天春雨潇潇，眼见拍客们伫立在寒风细雨的路边田头，抹一把脸上的雨水，踩一脚灌满泥水的鞋。一次次的手机刷屏内存已满，一次次的相机存档超载。第二天清晨，披着星辰月色赶往拍摄地，在湛蓝的天空下，迎接旷野里第一缕阳光，黄昏沐着满天晚霞踏上归途。多少长枪短炮拍客的执着与坚守，只为那春意盎然的美景定格成画面，为编织迷人春天的意境，是那样地投入与陶醉。

两天的"与春天有约"收获良多，深感组织者的精心安排。如果每个人的心中，每逢春天都有一个唯美的春天童话，那恕我直言：2016 悉尼远郊油菜花采风，就是我今年春天的童话！

2016 年 9 月于悉尼

# 哑与不哑

电影《老炮儿》囊括两大人气鲜肉李易峰与吴亦凡，让他们与人气老腌肉的冯小刚组成一个铁三角。似乎电影玩到这个节点上，众多靓丽美女均不入管虎眼，连片中不老不小的徐娘许晴的戏份也少得可怜，有弃之可惜，多之抢戏，难撑女主角之名。

在"震颤"酒吧楼上的那场缠绵情戏，与六爷各露光腚一小脸，稍作震颤，此时老炮哑了，往日的雄风不再。从而也让人相信坏男人有人爱的灼灼真言。看似这幕随意，却独具匠心，与影片最终六爷独闯野湖遥相呼应，恰成鲜明对比。

他没哑！影片从先声夺人的"斗城管""资助失学女"等情节铺垫稍稍带过，就跃上最后提大砍刀独闯野湖的高潮戏。六爷一路走来，玩得酣畅淋漓。让不靠颜值、拼才华的冯小刚确实火了一把。先在海峡那边捧了个影帝，他都没去。此时，他正在大陆这边喝着小酒、剔着牙，用嘶哑的嗓音哼着影片的片尾曲：

噢 My girl，

台前幕后的光芒，

短暂的时光，

那些日子让人一辈子难忘，

曾经的故事也许会被遗忘……

这些亢奋昂扬的画面只有与摇滚才相匹配。他感到一路走来的狂放与洒脱比他当导演快活多了，玩到这里还仅仅只是个前奏……

影片最后让人难以相信的是六爷置躺在医院脑震荡命运未卜的儿子晓波全然不顾，与纨绔子弟从一百万到一千万的讲数也丝毫没有诚意，其意已决，为检举窃国之徒铤而走险，为之决一死战。取出橱柜里的大砍刀，换上那身隆重的戎装。他的壮举或许会被认为仅仅是与一帮孩儿们的对决，是对管虎伟大主题的亵渎。他满怀一腔怒火是与深恶痛绝的贪官势不两立，鱼死网破也值得。

影片再次拔高了一身傲骨、侠肝义胆爷们范儿的市俗意识。他像走出樊笼的驼鸟，一路狂奔，义无返顾地奔向生死厮杀的决斗场。一个踉跄，他扶着出了鞘、在晨曦中发出熠熠寒光的大砍刀艰难地站起来，伴着急促的喘息声，在刀光剑影中誓不回头，真有惊天地、泣鬼神之豪迈气概……

与其说《老炮儿》就是管虎赋予这种言说的一具现实的肉身，他把胸中积压难以抒发的块垒寄托在张学军这个理想化的人物身上，还不如说他浓墨重彩在老炮儿哑与不哑间进行大肆渲染，成功地将一个司空见惯的市井题材与当前伟大的反贪斗争巧妙地结合起来。在如此狂躁的大时代背景下，让一个市井小人物赔上性命参与反腐，是让人于心不忍的。

当观影结束、灯光亮起时，环顾这座无虚席、异国他乡的影院里几乎全是黑头发，不知谁先站起鼓掌，随之掌声一片。这掌声与其是献给中国电影的，不如说是献给老炮儿六爷的，这更像是海外华人的爱国之举……

2016 年 2 月于悉尼

# 出游篇

# 艺术与梦幻交织的布拉格

与其说是冲着卡夫卡、米兰·昆德拉而来，还不如说是探访全球第一个被指定为世界文化遗产的城市而去。那被誉为皇冠上的宝石，有着太大的诱惑力。

第二次踏上欧洲这片神奇土地是在2016年的冬季。不知怎么，自从多年前去过一次英国深度游后，欧洲大陆始终以她独有的情怀与魅力在我心中掀起微澜，时不时会付诸行动，催生着又一次踏上这片梦幻的热土。

东欧之旅是从上海出发的，首站就是令人振奋的布拉格。不说魂牵梦绕，但至少也算是心旌荡漾，怀着冲动与梦想去实现又一个诗与远方的小小憧憬。

午夜时分飞机起飞。这是一个漫长的午夜，飞机往高纬度的西北方向飞行，14个小时总在夜色中穿行。飞过了寂寥无人的大西北，飞过了辽阔的俄罗斯疆域，终于等来可以降落在捷克首都布拉格机场的时刻。打开舷窗的遮阳板，天空中只有飞机翅尖上的警示红灯，眨着一闪一闪孤寂的红色亮光。空中客车A330宽大的羽翼下东欧大地还是一片漆黑，不知道这不熟悉的异域会有怎样的惊艳或平淡的景色来欢迎我们的到来？这是我们未知的期待。

漫长的午夜即将过去，终于迎来了布拉格的早晨。虽说已是清晨6点多了，在慢慢下降的飞机舷窗外还是不见霞光绽放，晨曦吐露的景象，大概是冬季的缘故吧。

此时，我瞥见坐前几排的陈导正在打开手机SIM卡小屉，替换着另一小卡。我知道他要进入他的工作程序了，几个着急的旅客已经在准备离机的行李。我也穿上御寒的冬衣整装待发。驱之万余里，历经近14个小时的疲惫，就为了换来那些博之眼球的美景与感受艺术梦幻交织的共鸣。等待有时是很无奈的。

布拉格街景

布拉格机场较小，出关并没多少旅行者，但海关关员一丝不苟的工作态度与不苟言笑的情形，似乎与这清冷的早晨有些合拍。

全团人员总算出关领取了行李，在陈导的指引下，出了航站楼，融入这东欧凛冽清晨扑面而来的冬日严寒。

蒙眬晨曦中，一辆豪华大巴在对面马路等着我们。一位东欧英俊的中年男士在大巴旁正打开行李舱门，在迎候我们。他也不苟言笑，只是微微点头示意我们放下行李，依次上车即可。他勤快地将我们的行李放入车厢，旋即驾车驶离机场。

宽敞的大巴足够四五十人坐，我们仅 26 人，顿时显得宽敞与奢侈。我坐在车尾，两人的座位一人坐，过道那边也是空位，无人打扰，十分悠闲。耳机里正在播放着杰出华裔歌手周杰伦《布拉格广场》的应景歌曲，想在临阵前抓住机会再恶补一下，增加些现场感觉。虽然发动机的轰鸣声有少许干扰，但那些美妙的旋律与歌词还是一泻而出：

琴键上透着光
彩绘的玻璃窗
装饰着歌特式教堂
谁谁谁弹一段
一段流浪忧伤
顺着琴声方向看见
蔷薇依附十八世纪的油画上
在旁静静欣赏
在想你的浪漫

在看是否多久都一样

……

我就站在布拉格黄昏的广场

在许愿池投下了希望

那群白鸽背对着夕阳

那画面太美我不敢看

布拉格的广场拥挤的剧场

安静小巷一家咖啡馆

我在结账你在煮浓汤

这是故事最后的答案

……

美妙的歌声，Rap（念词）展示了周杰伦特有风格特征。这首歌其实是写诺奖得主卡夫卡与情人密伦娜的故事。这无疑为这次布拉格之行添上几许优美的情趣。我寻觅卡夫卡故居的愿望油然而生，那幢在布拉格旧城区广场，圣米库拉什教堂背后简陋的小屋正在等待我的到访。

大巴穿梭在布拉格郊外的公路上，时而有几辆有轨电车在车旁飞驰而过，划破这异域清晨的宁静，悦耳的“叮当”声随风而去。路边有两三个早起上班的候车人，一副严实抵御寒冬的打扮，在晨风中伫立公交站点。大巴驶入市区的街道，我们没见到宏伟高大的现代建筑，更没见到犹如蛛网的城市高架路，虽有些现代建筑，也称不上高楼大厦。

天大亮后，神秘莫测的布拉格终于褪去了她蒙眬的面纱，逐渐向我们展示了她特有的古典妩媚与妖娆。我们渐渐走近她，初识她艳丽的面容与千年不朽的躯体。我们首先来到布拉格母亲河——伏尔塔瓦河畔。一座城市有一条河流与她千年相伴，犹如血脉绵延流淌，生生不息。伏尔塔瓦河正是这样。

大巴在该河畔的桥堍停下，一个矮个华人小朱地陪已经在等着我们的到来。经多年的历史文化渲染，他已是历史名城中的新市民，责无旁贷充当该城市文化传承的讲解员，为来自故乡的旅行者，送去有关这个城市那些动听而又传神的风光故事。自豪与优越感时而会洋溢在他的脸上。他左耳上的那颗耳钉在晨光中熠熠生辉，我多次将视线从美丽的风光移向他脸上时，总会与那颗闪亮的耳钉相遇。

他边走边踩着上桥的台阶为我们作介绍：布拉格建城至今已有一千多年历史，缓缓流动的伏尔塔瓦河穿城而过，将布拉格城市分为两部分，横跨在这座母亲河上的 17 座古老与现代不同风格的桥梁演绎着历史名城的沧桑岁月。

布拉格（捷克语：Praha，德语：Prag）是捷克共和国首都和最大城市，欧盟第十四大城市和历史上波西米亚的首都。布拉格是全球第一个整座城市被指定为世界文化遗产的城市。在这里，可以见到自 11 世纪到 21 世纪的几乎所有建筑形式。

伏尔塔瓦河两岸的建筑确实非同凡响。那些一大群一大群古建筑能完好无损地保留至今，且没受到战争与人为的毁坏，真是一个奇迹。我们走过一座桥又从另一座桥折返岸边观景，有一大群大白鹅与天鹅在冰冷的河畔嬉戏，引起了我们极大的兴趣。绕过河湾，又踏上了著名的查理大桥，桥上 30 尊神态风格各异的神圣珍贵的艺术雕塑矗立在桥的两边，反映了逝去的历史截面片断与沉淀的瞬间。这里每一尊雕像都有一个冗长而又动听的故事。站在查理大桥上左右前后观望，一览无余感受到一种浪漫的波西米亚风情在荡漾。波西米亚成了美丽的象征，布拉格就是它最杰出的代表。呈现在眼前的是欧洲各个时期不同风格的建筑，简直就是欧洲建筑历史博物馆。城市中高耸着无数千姿百态的塔顶，不愧为“千塔之都”。著名诗人歌德盛赞布拉格是“世界上最美丽的一块宝石”。

我们在宝石上观赏她的晶莹剔透之处，像在翻阅一本笨重的世界文化遗产名录。查阅到伏尔塔瓦河上横跨着17座桥梁，其中最著名的就是这座于15世纪初完工的查理大桥，总长516米，是欧洲现存最古老的石桥。

据说，查理大桥也是街头艺术家的乐园，桥面上到处都是绘画的、演奏的、制作手工艺品的艺人。遗憾的是那天我们去得早，游客也不多，民间艺人更少见。

近中午，我们来到布拉格旧城广场，这里是城市中人气最旺的地方。加以临近圣诞，广场上五彩缤纷，人声鼎沸。音乐声、欢笑声与各种特色食品的叫卖声此起彼伏。

广场上最吸引人的就是旧市政厅钟楼墙上的布拉格天文钟。在钟楼下伫立观赏如此庞然大物天文钟，美女团友递过来一杯热红酒，说是犒劳我为她们拍了不少美照。推辞无果，只能表示感谢。热红酒中还有一瓣鲜柠檬，缕缕白色热气透着柠檬味的酒香，手捧温暖的纸酒杯尝一口，美味爽口，暖意升腾。连我这位来自世界红酒第二大产地澳洲的游客，也未曾尝过热红酒配柠檬的。

天文钟的设计堪称一绝，大批旅行者引颈翘首等待正点的时钟敲响。须臾，杯中的热红酒还未喝完，时钟就已敲响。钟楼中间是个机械的天文星盘，背景是地球和天空。此时，耶稣的十二门徒从表盘上的窗户中依次现身，随后上方的金鸡啼鸣，随后才是报时的钟声响起。整个过程结束后，迎来一大片赞美声。这个天文大钟还有一段轶闻。传说当时的议员们为了让天文钟成为举世无双的宝物，残酷地刺瞎了制钟匠的双眼。不知是真是假？只当是趣闻一掠而过。

旧城广场上最醒目的建筑要数提恩教堂，这座建于 1365 年的教堂也是广场上最古老的建筑，其高耸的双塔成为布拉格老城的标志。

查理大桥一侧的桥头堡

离开旧广场,我们又跟随导游前往伏尔塔瓦河西岸的城堡区。布拉格城堡建于公元9世纪,至今已有上千年的历史。这是世界上最大的古城堡。它曾经是波西米亚国王和神圣罗马帝国皇帝的皇宫,现在这里是捷克总统府。

神秘的城堡,其实是最不神秘的。它作为捷克的总统府,除正在使用的办公区,其他部分都免费开放。城堡内的皇宫宫殿大厅是特别的木制地板。传说查理大帝宴会之时,会让骑士们在大厅里格斗。

在参观过程中有个奇怪的现象。这里的公厕一律实行收费制度,少则0.5欧元,多则1欧元。据说,这是控制人流集中用厕与滥用公共设施的最佳办法。不少游者对此不甚理解。

圣维特大教堂,对于这个号称能触到上帝足尖的建筑,人们除了仰视,所能做的还是仰视。它内部的华丽和外部的宏伟并称,窗户上的细腻彩绘以及教堂内各种雕塑,堪称是世界的奇迹。来自世界各地的旅行者将原本宽敞的教堂挤得水泄不通。

整个城堡到今天这样,已历经10个世纪。真可说是叹为观止!经历了几次被毁坏重修和几次整修、扩建,并在不同年代按照不同君王的想法增减设施。于是,我们仅从布拉格城堡区,就可以看到丰富多彩、各具特色的建筑形态。

还有,所有来布拉格旅游的人都会被带到黄金巷匆匆一览,他们中有不少人并没有读过卡夫卡的作品,但只要足够有名就可以了。我的探访愿望也得以实现。这里曾经住着一位举世闻名的作家,却没人知道他在世时的孤苦伶仃。卡夫卡故居在这小巷的22号。故居现在已成为一家书店,窄窄的书架上布满各种版本的卡氏书籍。

旁边的小电视里，反复播放着关于卡夫卡生平和布拉格风光的影片。将名人故居改变成一家书店也未尝不可，黄金小巷如今已经成为旅游产品的集散地，孤独的卡夫卡故居与纯文学夹杂在捷克水晶、金器和仿制油画中，不由自主地活泼与热闹起来。黄金巷是布拉格古堡最著名的景点之一，世界各地的观光客摩肩接踵，拥挤程度可与旧广场相似。黄金巷宛如童话故事内的一间间小巧房舍，现已成为布拉格最诗情画意的街道。

出了黄金巷顶端那道拱门，这里有个高坡观景台，居高临下，俯瞰整个布拉格城区风光。风格迥异的一大片波西米亚红瓦黄墙再次在你的视线里呈现。有游者手拿卡夫卡的《套中人》，背后衬着绿树与蓝色的天空在留影，更显得引人注目。

参观完毕，随着人流顺着台阶而下。此时总感觉意犹未尽，饕餮的建筑与人文风光盛宴过后那种激动与兴奋似乎难以平静。

导游催促的集合声时而在耳畔响起，可不少团友流连忘返，旅游大巴在另一端僻静街道等候我们。此时早已过了午餐时间，大半天紧凑的旅游日程，安排得满满当当，大家余兴未减，思绪飞扬！

这里是众多悲欢离合故事的起点和终点，这里浓缩了捷克艺术的精华和历史的悲欢。它美丽璀璨高雅，也带着一丝淡淡的忧郁。它是莫扎特和维瓦尔第的音乐，是卡夫卡和米兰·昆德拉的小说，是一个艺术和梦想交织的地方。

她就是——布拉格！

2016 年 12 月

# 迷人小镇　缥缈梦幻

## ——捷克小镇卡罗维发利记游

多年前去过一次上海郊区的泰晤士小镇。足不出沪，便可欣赏绝美的英伦风情，感觉眼前的风光景色颇有欧罗巴特色，若你找个更佳角度，避开人群，拍一张照片，几可到乱真程度。它按照英国多地小镇的"模板"建造而成。无论是路灯、电话亭、座椅、门窗，还是街边的哥特式教堂、快客小超市、咖啡馆，无不透着浓浓的欧式优雅。成片的英伦建筑与花园草坪吸引着来自各方的观光者。假如你忘却时空与地域，真会感受到身处英伦之地的别样风情。翘首举足间，簇拥着欧式的矜持与温婉。为此，还引发后来去英国驻足泰晤士河畔，探寻美好记忆中该有的原版"泰晤士小镇"的真容，显然那是徒劳的。

不曾想到，多年后的这次东欧之游，在捷克美轮美奂的温泉小镇卡罗维发利，记忆中已支离破碎的那些欧式建筑的美景，在这里又重新构筑了起来，且丰满又强盛。

在布拉格西北约 130 公里，沿着蜿蜒的山路，就能俯瞰到在山谷崖边偶露的卡罗维发利优美的古典建筑。顺着山路而下，我们的大巴停在小镇外的公交枢纽站处。随着导游步行约 20 分钟，绕过街道穿过一条商业街，小方石路逐渐开阔，映入眼帘的是一大片参差不一、令人惊叹的欧式古典建筑群。我们的卡罗维发利之旅在充满期待中开始了。

沿着一条静静的、名叫泰普拉（Tepla）的小河，缓缓地穿过两旁满是古色古香、充满维多利亚时代建筑风格的小镇，这座依山傍水的小镇就是欧洲历史上最悠久的卡罗维发利温泉小镇。在一座出售琳琅满目各式温泉杯的小亭止步，温泉杯是这小镇特有的纪念品，用这杯品饮一下这里的温泉水，是你不枉来此一游的最美好纪念。要知道在1350年，皇帝查理四世因一条猎犬不小心跌入温泉，他就此偶然发现了这里的温泉，所以卡罗维发利温泉又称“查理温泉”。这温

迷人小镇的街道

泉历经 700 年流淌至今,历史记载,弥足珍贵。

这里还驻留过一些杰出人物的印迹,为小镇享誉世界又注入了浓墨重彩。沙俄彼得大帝、贝多芬、肖邦、莫扎特、歌德、普希金、果戈里、屠格涅夫、席勒。据说,马克思在此完成了《资本论》的初稿,又在 1864 年、1865 年到这里治过病;托尔斯泰的《战争与和平》中一些篇章,也是在这里写就。

如今,这座从 1349 年开始建设的小镇,是捷克堪称度假胜地的时髦城镇。这里不仅是一处疗养胜地,还有充满活力拥有国际知名度的文化娱乐活动。在普普大饭店门口徘徊,这座被称为东欧最豪华的五星级酒店,是举办卡罗维发利电影节的主会场。每两年一届的卡罗维发利国际电影节在这里举行。值得引以为傲的是中国电影人也曾在这里赢得掌声与鲜花。1988 年,中国著名导演谢晋执导的电影《芙蓉镇》,在此捧得卡罗维发利国际电影节大奖。自此,刘晓庆、姜文两位电影人声名鹊起。这座大饭店始建于 1701 年。1775 年被糖果商约翰·格奥格·普普接手,得名“普普大饭店”,并改建成如今新巴洛克风格的庞大建筑。据说,饭店最有看点的是充满新艺术和古典主义风格交融装饰的大厅。遗憾的是我们没时间去里面仔细观赏。

小镇优美典雅的景色与杰出人物、艺术文化相互交融,焕发了她的异彩光芒。

此时,阳光投射在南向的建筑上,光影呈现出不同的犬牙交错变化,在蓝天白云的映衬下涂抹着各种色彩的优美建筑,与花园、河流、小桥组成了一支完美无暇的小镇风光交响曲,在这冬日的暖阳里缓缓流淌着,美不胜收!

我们踩着一地凋零的梧桐叶穿过一条温泉长廊，来到“德沃夏克花园”，草坪上，矗立着一座捷克最伟大的作曲家德沃夏克(1841—1904)的雕塑。我们站在雕像前，向这位音乐家致意！

中国人对德沃夏克并不陌生，他的交响乐《自新大陆》，亦名《新世界交响曲》，更属于世界文化中极其珍贵的遗产，也是他一生最后写就的一部交响曲。《自新大陆》在美国纽约首演一举成功，轰动美国，从此名扬世界，其中第二乐章的第一主题更为人们喜爱。我国音乐家李叔同根据乐曲情感填词为歌曲《念故乡》。

“念故乡念故乡，故乡真可爱，天清清风凉凉，乡愁阵阵来，故乡人今如何？常念念不忘。在它乡一孤客，寂寞又凄凉。我愿意回故乡，再寻旧生活，众亲友聚一堂，同享从前乐……”这是一首中国人耳熟能详的歌曲。据说李叔同的《送别》“长亭外，古道边，芳草碧连天，晚风拂柳笛声残，夕阳山外山……”也取自德沃夏克的同曲而填词。一位捷克音乐家与中国远隔千山万水，是音乐拉近了我们的距离，是音乐将我们紧密相连。

小镇共有三条温泉长廊，风格迥异。走入另一条由大理石打造的巴洛克风格的长廊，需成人合抱的圆形大理石立柱一字排开，典雅大方而又高贵奢华，一些天使之类可爱的雕塑在立柱撑起的屋檐上矗立，展示了文艺复兴时期伟大的艺术成就。

街道两边的建筑不仅形式多样，且五颜六色，夺人眼球。一些世界知名品牌专卖店夹杂在一些本地特色商店中，显得不是那么张扬。在这悠闲恍如梦幻中的中世纪街道上，一路走来，感到十分悠闲与放松，那些都市人趋之若鹜的大牌，在这里并不引起追潮人的冲动与亢奋，就好像是一家普通的商店而已，就连那些飘香的咖啡味也与现代化钢筋水泥高楼里的不同。那份优雅温婉的人文环境，是现代都市无法替代的。虽然这些同属一个商业体系，但出现在这里你就感到判若二物，感觉这里才是它们滋润成长的诞生地，是真正人文的原始故乡。时空人文、艺术环境的变化，人的精神风貌与物质文化也会潜移默化而发生改变。

这里教堂林立，远处山岗上偶尔还会传来教堂的钟声与管风琴伴奏的《哈利路亚》歌声。

前面街边露天有一张小圆台，围着一辆轮椅车，车两边各有一把座椅。我一看就知道，中间轮椅上坐着的是世界名著《好兵帅克》哈谢克的塑像。他慵懒地仰躺在轮椅车上，肥胖的身躯几乎要从轮椅上滑下来。他身着一身褪色的灰白军装，小红鼻特别显眼，一脸玩世不恭的神态，引人捧腹开怀！这是一家流行欧洲的知名连锁品牌《好兵帅克》餐厅。要不是跟团游受时间限制，我们肯定会在这里吃一顿由哈谢克推荐的名菜佳肴。见到好兵帅克的塑像，免不了多看几眼，触景生情，想起那个笑容可掬诙谐幽默的帅克来。好兵是帅克的头衔。捷克文学名著《好兵帅克》幽默要素首先表现在作者以一个呆傻者作为整个故事的主人公这一奇特的艺术构思上。而绝大多数的战争文学都是以主人公机智聪明的正面形象所出现。但帅克是个例外，他土头土脑，憨态可掬。不仅言行举止略显呆笨，而且想法也常令人匪夷所思。正当他的同伴对残酷统治的奥匈帝国切齿痛恨时，他却公开宣称为效忠皇上就是“粉身碎骨也心甘情愿”，坐着轮椅去应征当兵要上战场。这种对无补于实际理论发出的机智式的嘲弄，从某种意义上来说，是在滑稽可笑的场面描写中忽然掺进机智性的、逻辑性的妙语。

在这里还见到了“莫扎特屋”,据说当年莫扎特来此住这里。还见到“罗曼蒂”大酒店等,全是这小镇的知名建筑。这些建筑承载着太多的人文历史与传奇故事,像散落在小镇的珍珠,处处熠熠生辉。

过泰普拉河,一处温泉正喷射出七八米高的热水柱,由于水含硫磺等多种矿物质,泉水溅到的地面都成金黄色。沿着对岸的风光往回走,又领略了一次不同寻常的体验。悠悠的马蹄声传来,两匹白色大马拖着古典马车款款而来,同伴们迫不急待地摆起姿势等着入镜。岔道上走来一位金发碧眼的捷克美女,也成了团友与之相拥入镜的纪念画面。

短暂的停留,远远不能将小镇看个够,惊鸿一瞥也足以回味。那些隽永流传的经典风光像挂在天际边的艳丽彩虹,永不消褪!

匆匆一别小镇卡罗维发利,又想起上海近郊的泰晤士小镇,相形见绌,那只是一个丰盛琼筵前两三碟开胃小食、舞台剧上的模板造型。缺少的是建筑本身所赋予的魂魄与那些曾经承载过杰出人物与传奇人文故事的精髓。任何事物离开了它的原有的环境,它漂移的只是一具空壳,虽然与观赏无关,而与真正的价值、传承的文化内涵就差之千里。也许当我们蹒跚之年,惧长途车船劳顿,才会轻车熟路来这里重温当年卡罗维发利小镇的美好旧梦!

卡罗维发利,你的美丽我已珍藏。人生的所有邂逅,都是生命中的重逢!

2017 年 2 月于澳洲

# 那年初夏在拉萨

拉萨的夏天是美丽的，风是凉爽的。

拉萨的天是蓝的，拉萨的城市是美丽的。

记得年少的时候，有一首革命歌曲《逛新城》，父女俩唱着歌逛新城，一派欢天喜地的情形，描绘出藏民翻身得解放后的精神面貌。父女俩从偏远藏地欢快喜庆地来到拉萨新城，感受城市的繁华与发展的新气象，欢快的曲调感染着我们。

时代不同，而今我们从国外、从大城市千里迢迢赶到这里，来感受蓝天白云下“世界屋脊”拉萨纯真自然的美妙风光与那片与世隔绝的宁静天域。

2015 年的初夏，我在拉萨，听朋友的介绍我住平措的国际青年旅舍。该旅舍虽然设施简陋，房屋陈旧，还大都是几人一个房间，但这里南来北往的人多，去各地旅游信息量大，组团容易。这里又处在拉萨市中心，去布达拉宫、大小昭寺与机场等都很方便。

我是坐青藏铁路从“天路”进藏到拉萨的。那天，经过 22 个小时火车的长途跋涉，于中午时分到达。出了车站，就感受了蓝天白云天域城市的美妙。坐上出租，去了青年旅舍，行装甫卸，当天下午就去预约隔天参观布达拉宫的事宜。在布达拉宫门前的广场上，我见到了被称为“猛虎下山”的世界著名建筑的布达拉宫。我期待着隔天能走入其中，了解它的历史与那些神奇的故事。

当天下午，在布达拉宫广场前的大街上闲逛，没感觉有高原不适。此时，一辆三轮人力车迎面而来，我拦下了它。车主是位从兰州来此揽活的男子，我请他介绍一下去哪可游玩？他告诉我去附近的“夏宫”溜达也不错。于是我上了他的车往“夏宫”而去。我不知“夏宫”有多远？他告诉我不远，就三五里地。一路上，我一边观景，一边注视着他用力骑车的背影与标注着601字样的绿色马夹。一个男人叫另外一个或许比他年老的男人来骑车，感觉有点不忍。但又一想，

在西藏拉萨八角街上有座黄墙建筑：玛吉阿米

一个人坐车，骑车的没那么累。如果没生意给他做，岂不是更不好？为了解民情，我问他；为何从兰州到此来干活？怕不怕高原反应？他爽朗地答道：正因为有高原反应，来此揽活的人少，竞争也少。且这里房租生活费比兰州要便宜，那里、这里，还不一样干活。此话在理，百姓趋小利而去，有所积、图安稳就是了。

一路的景色不错，初夏的拉萨一点都不热，迎面而来的微风还挺凉爽，街道整洁宽敞，建筑也不高大，偶尔见一两幢高层建筑。我见到了世界著名酒店"香格里拉"的身影，在这里，很少见到同等级的酒店。

不多时，三轮车已停在"夏宫"的门口。我付了他 20 元，见他又

在西藏拉孜县境内海拔 5000 余米拉起跨越公路两旁的五彩经幡

揽了一笔生意,那绿色的号衣穿梭着消失在我的视线之中。

“夏宫”即“罗布林卡公园”。罗布林卡俗称拉萨的颐和园,藏语意为“宝贝公园”,为历代达赖喇嘛的夏宫。每当夏日来临,达赖喇嘛便从布达拉宫转移来到罗布林卡办公。这里绿树成荫,山水环绕,风景优美。一幢幢精致的藏式宫殿掩映于花木树丛间,一派悠闲宁静的世外桃源之地。据说,这里有数百幢这样的大小宫殿,要不是坐园内观光电瓶车,估计仔细了解观赏需一天时间。这里的建筑以格桑颇章(藏语中“颇章”“拉康”都为宫殿的意思)、金色颇章、达登明久颇章为主体,是西藏园林中规模最大、风景最佳、古迹最多的园林。

两三个小时走走逛逛,时而藏身于浓密的林荫大道,时而穿梭于人头攒动的各式大小宫殿,观赏唐卡、经书等,也偶尔为红衣僧侣拍照留影。深感历代统治者都惯于穷奢极欲,巧取豪夺社会财富与自然资源,为一己欲望服务。

黄昏时光,步出罗布林卡,在布达拉宫前的大街漫步。广场前有两座白塔,从白塔上的小山坡上观赏整个布达拉宫,位置极好、景致又佳。此时有两位中年新人由一摄影师为他们拍合影,一看就知道他们来自内地。那男的足有花甲之年,瘦瘦的,长得有点着急,在西装革履的打扮下还算精神。而那女的仅40出头,丰腴的身材略显胖。他们以布达拉宫为背景,此时云朵正被夕阳的霞光染成金红色,男的在镜头前极不自然,导致摄影师一次次地讲解,而女的一脸灿烂,举手投足姿势到位,摄影师迟迟没按下快门。在一旁的我已按下几次快门,成像效果感觉还不错。那女的走过来,看到了我相机里的照片,好高兴,掏出手机要我为他们拍照,我义不容辞地为他们拍了几张,两位新人看了照片都很高兴，连声致谢。

晚霞越发美丽，我突然感到眼前这景致与某一图案极相似。掏钱包找寻那张纸币，那张50元人民币上布达拉宫的图景几乎与眼前景色分毫不差。我又在布达拉宫前对面的广场拍了几张。也见到了三五成群的藏民，在小河边的石板地上，面向布达拉宫正做五体投地匍匐朝拜，有男有女，均是一脸的虔诚，先双手合十，举过头顶，然后身体向前，俯卧地上。这动作重复数十成百次，在藏地这是一道会不时见到的景观。

在回平措的路上，见到一家生意兴旺的邮局。挤过人群，才知道人们都在购买西藏特色风光的明信片与其他藏地纪念品，排着队等待盖上富有特色与纪念意义的西藏邮局邮戳后，寄往内地及世界各地。世界只有一个"屋脊"，鸿雁传书从"世界屋脊"飞向全球各地，意义就非同一般了。

参观布达拉宫是到西藏游玩的重头戏。好比去了北京要去故宫一样。所以游藏之人必去布达拉宫已成定律。

当宏伟壮观的布达拉宫以猛虎下山之势呈现在你面前时，你不得不为之震撼。当你排在蛇形长阵队伍中，注视着前后的同行者时，你会感到这是一个来自世界各地行者的大会合，他们在布达拉宫盛名的感召下，聚集在这里，将一睹它壮观华丽、独一无二的风采。进宫后，我迫不及待先在有"布达拉宫"字样的石碑前留影。

布达拉宫主楼高度115.7米，始建于8世纪松赞干布时期。17世纪五世达赖喇嘛时期重建后，成为历代达赖喇嘛的住息地和政教合一的中心。主体建筑分白宫与红宫，主楼13层，由寝宫、佛殿、灵塔殿、僧舍等组成。布达拉宫在拉萨市区外的一座小山上。在当地信仰藏传佛教的人民心中,这座小山犹如观音菩萨居住的普陀山,因而用藏语称此为布达拉(普陀之意)。宫殿内的奢华物品比比皆是,尤为突出的是成吨黄金打造的成百上千尊各具特色的佛像,在众多佛像中,松赞干布的神态尤为奇特,八字胡须略带嘻笑怪异……

如要仔细观赏研究布达拉宫,花几天时间也不够。

在去珠峰大本营前,我去了名闻遐迩的拉萨另一景点大昭寺。在拉萨游玩,每个景点均要实行安检,如同坐飞机前的安检一样。通过安检来到大昭寺的广场。晨曦尚未褪尽,微雨已止。广场上水光中倒映着大昭寺几个金光闪闪的塔尖,象征着佛教最高等级殿堂的神圣与威严。走近大昭寺,早起朝拜的藏人已不少,在袅袅香烟中组

清晨,大昭寺门口虔诚朝拜的信徒

成一幅人与神灵对话的画面。

关于大昭寺的传说有多种版本,其中一个版本是:很久以前,两位公主各自带来一尊珍贵的释迦牟尼的佛像。作为最贵重的陪嫁,尼泊尔公主带来的是释迦牟尼 8 岁时的等身像;文成公主从内地长安请来的是另一尊 12 岁的释迦牟尼等身像。藏民公认这两尊佛像是最早进入雪域高原的佛像,然后为了供养这神圣的佛像,松赞干布就开始修建西藏佛教历史上最早的佛教建筑物。这便是大昭寺和小昭寺。大昭寺流传至今也有 1300 多年的历史,毕竟是佛教的名刹古寺。

环绕大昭寺的就是著名的“八角街”,也称“八廓街”。面对大昭寺从左边街道进入,就是顺时钟逛八角街。藏地的风土人情在这条街上尽情显现,各色商店、手工作坊、藏族小吃这里几乎应有尽有。时而还穿插一两个小庙,有几个转经筒沿着庙外的黄墙摆放着;在主街上,有时会有迎面而来、盛装打扮的藏族姑娘与你擦肩而过;在墙角空地的排椅上三五个藏族老人在聊天时,也没停过手中的转经筒。这一幅幅图景,组成了藏地颇有特色的风俗画。

游西藏,我记住两个藏地突出人物,一个是政治代表人物:松赞干布;一个是文学代表人物:仓央嘉措。这两个优秀人物在我游历藏地时如影随行,到处都能听到或见到有关他俩的传奇故事。

一个是西藏家喻户晓的民族英雄,他像佛祖和高僧一样为藏族人民世代供奉。松赞干布迎娶汉族文成公主,为汉藏和亲翻开了新的历史进程。松赞干布的一生,功绩卓著。他统一了青藏高原,建立了强大的奴隶制政权,是西藏历史上最重要、最广为人知的藏王。

一个是西藏历史上杰出的宗教精神领袖，也是一位才华横溢的浪漫主义诗人。对西藏历史和文学有所了解的都知道一个响亮的名字：六世达赖喇嘛仓央嘉措。我逛八角街有一大半理由是去寻找有关他“爱情故事”的出处。在八角街一条叉道转角，黄色的小楼“玛吉阿米”小酒馆映入眼帘。相传，仓央嘉措为了寻找至尊救世度母，跋山涉水走遍了藏区。正在拉萨八角街的一个小酒馆休息，突然门外一个月亮般娇美的少女掀帘窥望。

在那东方山顶，
升起皎洁月亮，
玛吉阿米的面容，
渐渐浮现心上。

这一充满浪漫主义色彩的情人约会诗篇与场所，被人们流传至今。出于对浪漫的情圣诗人的怀念，我也在这传奇的玛吉阿米小酒楼前留影。

在回旅舍的路上，经过一家书店，我正想买一张拉萨地图，一是方便查阅拉萨的道路景点，再则也是一份便于收藏的纪念品。拐进书店，只见一位藏族姑娘问我有啥需要？我问她有拉萨地图吗？她能听懂普通话，回头给我去找。老半天也不见找出来，我正想离去，里间走出一位戴眼镜的中年汉族男子。他向我打了招呼，即在一书架将地图递了过来，我说多少钱？他说：8 块！我将 10 元纸币递给他，他找 2 元给我。从他的眼神中似乎能看出他对藏族姑娘的不满。他热情地问我：内地来西藏游玩的？我说是的。他像见了亲人般拿出了茶具，邀我喝茶聊天。我只能婉拒说，刚来西藏，没时间喝茶聊天，后会有期！他告诉我，他是从内地江西南昌来藏的，七八年了，开家书店，找不到汉族青年员工。我说汉族小青年都在北上广赚钱求发展呢，哪会在西藏为你看书店！他说是呀！几天也见不到一位汉族顾客。我拿了地图，并祝他生意好，与他道了别。

回到旅舍，在中央天井凉棚下，那堵有彩色格瓦拉木刻肖像的墙边，又聚集了不少刚到的驴友，他们正等待办理入住手续。拾级上楼，房间的门虚掩着，推门而入。只见新来了一位室友，我们互相问候。“刚到？”我问。“是啊！”他答。我说去布达拉宫要先预约的。他说昨天离北京时已在网上预约了，还请了“一对一”的导游服务，全包连门票仅 240 元。我说：“合算！”要知道单布达拉宫的门票就 200 元，请个导游也要 200。没想到有对布达拉宫如此投入的观众，我投去了敬佩的目光。他三十有余的年纪，一副书生气。他问我已去了布达拉宫？我说是啊，走马观花，人物众多复杂，场景恢宏。我向他请教“达赖”与“班禅”的起因。

接着，他如数家珍地讲起了西藏简史：

从三十三代世袭赞普，松赞干布，以武力统一了各部落，建立了吐蕃王朝，藏族才开始壮大；到与唐朝发生战争，虽败犹荣，得唐太宗封其为宰相，并将文成公主下嫁给藏王。又从萨加王朝与政教合一到宗喀巴的宗教改革，而创立了严守戒律的新教派“格鲁派”。“格鲁派”又以“活佛制度”解决掌教的继承问题，他的两大弟子分别转世为“达赖”与“班禅”，延续至今……

他讲述的这一小段西藏简史几乎一气呵成，令我刮目相看。想不到他年纪轻轻，对西藏历史却有如此了解，真是后生可畏！我还想虚心求教，此时手机响了，是楼下总台问我，如要续房赶紧下来。我只能暂停谈话。

在总台，我谢谢打电话给我的那位戴眼镜的汉族姑娘，她问我："你是上海人吧？"我说："你怎知道？"她回："听口音。"她又说年底要去上海。我说有时间应该去玩玩！她说不是去玩，是去参加"上马"！我迟疑了一下，伸出了右手大拇指："哦！是去参加上海国际马拉松邀请赛！了不起！"我一时真有点傻了眼，怀疑地问："是全程？"她坚定地回："当然全程！"我真不敢相信眼前这位弱不禁风的小姑娘，能飒爽英姿跑完全程40多公里的路程。还是应了那句"民间出高手"！而后，我在参加"珠峰大本营"团时，团里有位40多岁的长沙女子是长跑健将，也是马拉松赛的常客，我才相信在西藏见到的人都不是凡人。他们都是我眼里"身怀绝技"之人，只有自己敢来西藏瞎逛！

遗憾的是，那位与我同房的北京小伙子由于后两天各自去旅游的地方不同，早出晚归没碰到他，因而最终失去了联系。

从珠峰大本营回来后，我又环绕布达拉宫外围走了一大圈，那一圈比走八角街环绕大昭寺路程长很多，从各个角度观赏了布达拉宫。离开拉萨的前夜，我想着要去一家要么风景好、要么菜肴有特色的饭店。刚踱出门外，就被旅舍对面的那家"老鱼饭店"所吸引。它的广告语是这样写的：一家唯一能在高处见到布达拉宫的饭店。这使我感兴趣，决定在这里用晚餐，与美丽的拉萨道别。

饭店在五楼，电梯送我到了五楼，出了电梯，穿过一道酒店的客房走廊，再走一层楼梯到了"老鱼饭店"。因我去得早，空位还很多。

服务员领我到大厅,很多靠窗位任我选。从这里的窗户望去,布达拉宫真的就在眼前。平措这里离布达拉宫步行仅十余分钟,这空中的直线距离更近。那天天好,几乎能平视见到布达拉宫全景,趁黄昏还未降临,我先拍了几张照。随后点了两菜一汤,一菜必是牦牛肉,在西藏吃牦牛肉几乎成了首选。另一菜是当地时蔬,汤随意,还加了一瓶拉萨啤酒。一餐有布达拉宫景色陪伴的晚饭,基本满足以上“风景好、菜品好”的原则。一瓶啤酒喝完不过瘾,在服务员的推荐下,又来了一小杯饭店自制名贵中药材的浸酒。酒香扑鼻,可心里有点发毛,喝还是不喝?导游的入藏必知的忠告犹在耳边响起:“入藏最好不要过多接触水,不要洗澡,更不要喝酒!记住这是在高原。”

关于第一条“不要洗澡”,我早已破例,不洗澡肯定做不到,洗了澡没啥不适。而今晚这白酒喝下去,也能没啥反应吗?在内地,平时喝个二三两白酒基本不成问题,而今是在海拔3000米以上的高原,心里直打鼓。既来之,则安之。能否安之?接着观景下酒夹菜,不多时,小杯没二两的白酒见底。感到恰到好处,离店时,月亮早已爬上了布达拉宫的高处,把那座宫殿照得晶莹剔透,像哪位工艺名匠用五彩宝石镌刻的杰作,瑰丽多姿,令人目不暇接。

回旅舍洗完澡,才感到有些不适,烦躁不安,久不入眠。早上迷糊醒来,头还有点晕。看来有些忠告是不能违反的,是要贯彻在行动上的。

想起早晨要办的事,出门拦下辆三轮,告诉车主我要去拉萨河。车主是位年轻藏人,戴顶小黑色礼帽,露出双眼,鼻梁上用三角形彩色丝绸系在脑后,似时尚的口罩。他回头问我去哪里的拉萨河?意思是说拉萨河长着呢，你要去哪一段地方？这也把我问住了。须臾，我只能把要去拉萨河的用意向他和盘托出。“我要去拉萨河边捡两块石头带回内地，行不？”他边踩着车，边回头看了我一眼。这一眼明显地代表了他的疑惑。他踩三轮见识过南来北往各路游客，要载一位乘客去拣拉萨河的石头，大概是头一回吧？也许他认为我是地质工作者。接着，他响亮地回了我一句：“没问题！”有节奏的三轮摩擦地面的声音响起，他轻车熟路向远方的拉萨河骑去。

过了约20分钟，车过了一座桥，他指着桥下的河流说：“这就是拉萨河！”我探头看了看，这河也不宽，比条两车道的马路略宽。一下桥，三轮停在桥堍一空地，他自告奋勇要帮我下河滩去捡石头，我也随后跟着。那里有很多石头，我跟他说最好是被河水浸润过的石头。我说，本来想在珠峰大本营捡几块喜马拉雅山石头留作纪念的，匆忙中忘在那捡了，只能在拉萨弥补这一遗憾。

我俩左挑右选，挑了两块一巴掌大小，能拿的椭圆形石块，用纸包好，放在我带的包里。沉甸甸的石块背着有点费力，但它了却了我的心愿。

西藏之行，不仅见识了那些从未见过的风土人情，还带回了不少纪念品，而这石块是最具原生态DNA，有着拉萨河水浸润、藏地气候、环境等特征相互交融的特色的纪念品。

下午，我在与布达拉宫隔条马路的机场大巴始发站登车去机场。贡嘎机场离拉萨市区约70公里，是我游历过的城市到机场的最远距离。一路上汽车奔驰在高速公路上，两边“江山如此多娇”的湖光山色匆匆从我眼前掠过，像在与我道别，我也举手向它们挥手再见。偶尔有几辆机场大巴擦肩而过,新的驴友又将谱写“世界屋脊”的传奇故事。

飞机升空,晚霞涂抹在雪山高原,雄鹰在飞翔!我不知道有生之年是否还有机会再来这人间仙境?

2016年5月于澳洲

# 两亿年前的幸福种子发了芽

在世界东方古代文明璀璨的华夏大地上，不仅有着与人类发展相关的“河姆渡”“马王堆”“兵马俑”等，这些闪耀着人类社会文明进步的辉煌丰碑，还有着数之不尽、记录着其他生物繁衍发展的新篇章。

最近，在云南参观了一个世界恐龙谷公园，见证了人类又一次掀开远古时代生物生存状态的一角，为我们了解悠久神秘的侏罗纪时代古生物历史提供了丰富的原址原貌特征。

从昆明向云南省西北方前进。一两小时车程后，到达一个叫禄丰的地方。这里是世界仅存的三个恐龙遗址中的一个（中国唯一）。这里山明水秀，绿草成茵，看不出一丁点远古时的荒芜与旷野的痕迹。公园前广场的花坛上仿恐龙胫骨铁爪托起的地球雕塑赫然醒目，门前五根涂抹着金色的大立柱高大挺拔，有直插云天之感，上面镌刻着各种恐龙的图案，在衬着蓝天的晨光中熠熠生辉，像为这地球上原始的古生物树起的丰碑，并也激励人类追溯探索远古时代的愿望永不停歇。通过一段颇具原始状态的大木吊桥，脚下是远古风貌浸淫的河流。时而有大小仿生恐龙的身影，裸露着大西南特有的红土壤的河岸，或有恐龙在汲水、互相打斗，或有恐龙站立攀着高大的树木枝桠在寻觅果实……这一切都在告诉你，你来到了远古时代的“侏罗纪生态之园”。

走进一段城墙遗址的门洞，我们坐上电瓶车来到“禄丰恐龙遗址馆”。

这是20世纪30年代末，一位农民挖地时发现的几根大骨化石，从而撩开了神秘恐龙生存足迹的面纱。而大规模的发掘与建园是在最近几年才进行的，迄今已出土恐龙化石130多具，被誉为“世界恐龙之乡”。禄丰发现的恐龙生存年代纵跨三叠纪、侏罗纪、白垩纪三个时代，且草食性、肉食性恐龙同处一地，这在世界上是绝无仅有的。多年前，科考专家在原址挖掘中，为保护出土物品更具地域性，又避免运输中的损伤，特在此保留了一长段挖掘现场与开采石崖的截面，这样更具现实感。参观者走在宽大厚实的现代玻璃与钢结构架设的桥面上，离桥面一米左右是远古时代的土壤或石崖剖面，在微弱的灯光照射下，在一些石块上能隐约见到恐龙局部身影的化石。参观者仿若身临其境穿越在远古时期的旷野上。此外，恐龙化石个体保存完整，埋藏区域集中，仅在这个馆中，近一万平方米范围内的恐龙骨骼化石就有百具以上。在馆中，还破天荒地了解到有三个恐龙的实例，更奇的是，另外的脑子不与头颅长在一起。在馆中，还看到了几十具修复完好站立的恐龙骨架，头首并进，齐刷刷地向前奔跑，越过旷野河流，跨过高山平原，这群庞然大物所到之处，大地为之震动，山谷咆哮！

在遗址馆中见到保存完好的几乎是整具恐龙化石。据考古专家称：在两亿年前有数百上千计的恐龙在此栖息。科学家的年代推断遥不可及，往往使我们不知所措，甚至你连怀疑也无从而起。亘古混沌的宇宙离我们太远、太远！在此附近发掘出的“元谋猿人”离现今也有170万年，但与恐龙生存的年代相比，差之近两亿年，这计量单位已经达到无限。

走出“禄丰恐龙遗址馆”，仰望缀着几朵白云的蓝天，想想刚在玻璃桥下看到的土地，这天与地还不是差不多？怎会相差两亿年？仿佛这馆里馆外相隔就差两亿年。

真让人唏嘘与感慨！广袤的宇宙啊！来无影，去无踪！我们每位游客花一百大洋看到了两亿年前一个物种的尸骨化石，也真不易！还有什么能保存两亿年？我们面面相觑，哄然大笑！笑我们人类的历史太短暂。

我在想，从我们之后的两亿年，或许这世界还在，这天地还是这样共处。我们有什么幸福的种子传给我们的后人（也许那种生物到那时不叫人）？还有什么值钱的或不值钱的东西？什么不可一世早已生锈变形的枪炮坦克、航母飞船，世界最高之山峰、无渊之海洋等均早已不复存在。也许到了那时，另一种生物又把我们冠之于远古时代曾经出现过的一种生物的特征，再建个遗址馆供另一种新兴生物参观评论，文字与现今使用的文字大相径庭，但图片与影像资料还大致雷同。观者大谈我们曾经幼稚无比的所谓信仰与理想，被这些新兴生物一次次的哄堂大笑而打断。两亿年后，关于人类的遗骸或所有痕迹早已灰飞烟灭，不复存在。只有浩瀚的宇宙还是如此地年轻，看不出丝毫苍老，四亿年过去了，它的神情还是泰然自若，像没发生过任何事，只是千秋万代数之不尽的生物嬉笑怒骂，争权夺利，互相残杀，在这天地宇宙间，曾上演了一幕幕闹剧。最终在宇宙天体雷暴发生后，又都复于平静，毫发无损于宇宙。

人类啊！你的存在真是这汪洋大海中的一叶小舟、宇宙发展史上的沧海一粟，太微不足道了。有时也难以想象，没有人类的宇宙是啥样？那只有侏罗纪时代的恐龙等生物知道了。你说这宇宙还会周而复始？当一切生物均不复存在时，会否重新沿续侏罗纪的恐龙时代吗？这就是科学家研讨的范畴了，但这宇宙的广度和深度再次令人惊叹！

当我回到出口处坐上现代的电瓶车时，感觉思绪才从远古拉了回来。以至对前座驾驶园内电瓶车的当地男子说："你们真幸运！两亿年前的种子发了芽！这庞然大物就光顾你们这里，在旷野里游荡奔跑，造福于你们的今天！再过两亿年，我们现在的种子可发不了芽了！"男子不无得意地笑着说："谁知道？世界这么大，这些怪物怎会跑这里来?!"一阵欢笑洒落在这曾经被恐龙足迹覆盖过的空旷原野上……

2016 年 4 月于澳洲

# 导游的魅力

旅游已经成为不少中国人日常生活的一桩平常事。毋庸置疑，这也是改革开放后中国人精神面貌改观的一个重要方面。

我们在海外的华人也共享中国旅游之成果，多次受邀踏上回国观光之途，在饱览祖国大好河山之时，也近距离接触了几位中国导游，感受了他们工作的特点与苦衷，更感受到他们对工作的热爱与追求，由此留下了不错的印象。

几年前，第一次参加国内多方合作组团，邀请海外华人回国观光的"江南风情游"。主要是游览江浙沪一带的名胜古迹。虽然行程中也穿插一些购物活动项目，但仍不失为较完美的旅游项目。在这次旅途中，我们来自世界各地的华人有幸结识了导游小F，他中等个，30多岁的文静脸上戴副眼镜，与人见面显得特别热情。在这漫长的七天旅途中，有他的陪伴，感到时光虽短暂却充满不少乐趣。导游见多识广，接触社会各阶层，一路上段子不断，笑声飞扬。旅途中再也不是"上车睡觉，下车尿尿"的局面。

在游览风景如画的杭州时，他伶牙俐齿，如数家珍，滴水不漏报出西湖十景，旅游大巴上来自各国的华人游客齐声鼓掌喝彩！随后在白堤小憩时，向他讨教是否巧学强记这些景点之名？他真诚敞开心扉，娓娓道来。他说看似毫无关联的“西湖十景”，实际上经过排列后可归纳为：“近看”“远看”“近听”“远听”“春夏秋冬”“日、月”等十个方面。“近看”即“花港观鱼”，“远看”即“双峰入云”；“近听”即“柳浪闻莺”，“远听”即“南屏晚钟”；“春”即“苏堤春晓”，“夏”即“曲院风荷”，“秋”即“平湖秋月”，“冬”即“断桥残雪”；“日”即“雷峰夕照”，“月”即“三潭印月”。经过科学排列组合后，“西湖十景”融视听、

杭州十大景点之一的“雷峰夕照”

四季与日月形象汇于一体，易学易记。真是每行皆学问。

旅途中该看该学的东西不少。一个好导游能成全一次完美的旅行，这是在旅游之外的收获。随团游的一大优点就是省去了不必为交通、吃住担心，大巴整天跟着你，导游都给安排得有条不紊。在结束这次旅游时才从其他导游处得知，小 F 是全国十佳导游之一，还曾陪同国家副总理导游名川高山。令我们刮目相看，有幸与名导游成行于“江南风情游”，共度旅游带来的欢乐时光。几年过去了，“西湖十景”却依然记忆犹新。

前年，又参加了“京津承皇家避暑山庄游”，也结识了一位旅游业“老江湖”B 导游。说老也不过 40 多，但他在旅游这行摸爬滚打已近 20 年，而且是夫妻档，两人都吃旅游饭，收入也不错。当然，我们不可能每次都能碰到“十佳导游”。但发现每位导游都有他们的看家本领，非此即彼，投游客所好。几乎每个导游的段子、笑话与故事都能不费吹灰之力随手拈来，并让你哈哈大笑。这几乎是他们这行的基本功。

B 导游的话音刚落，已笑翻整个大巴，经久不息。旅游途中的这些故事，导游随手拈来，像一帖奇效的灵丹妙药，药到包灵，笑靥大开！这是导游调节游客旅途疲乏的制胜法宝！

2014 年春，又参加“魅力湘西”游。美丽的湘西与千年古镇凤凰给我留下了难忘的印象。相遇了导游小 C，初识不久，他就吐露了一个导游的心声。

小 C 来自河南开封，大学原是 IT 专业，大二时见不少同专业师哥毕业后工作难找，又在两三个女同学的介绍下，终于跳到旅游专业。毕业后就在湖南，后在张家界旅游业扎了根，举起导游小旗，开始事业上的导游生涯。

十年来，他伴随着张家界旅游业的初始到绚烂，将自己人生最宝贵的青春年华洒在了这片充满魅力的土地上。有过彷徨，有过苦衷，但更多的是欢笑与幸福。看着张家界与自己共同成长发展，可以说自己是张家界旅游业蓬勃发展的见证人，也可以这样说没有张家界的旅游发展，也就没有小C的张家界的导游生涯。

当游客问起小C，导游这行是否挺潇洒自在，可以随意吃喝玩乐？小C急着辩说道：看似吃喝玩乐，实则并非如此。几年前，我带了一个自组团，由几个企业领导及团员二十几人包车从长沙去凤凰。那时还没修高速，我安排天亮就出发，估计晚饭前能赶到。可是偏偏天有不测风云，时近中午，交通受阻，一堵就几个小时。眼看大家的午饭泡汤了，前不着村，后不着店，二十多人困在路上。我心急火燎，徒步几里路买来了二十几包快速碗面，还从附近农民家里买来几瓶开水，安排游客先打发一下午饭再说。那时正值夏天，我忙得汗流浃背与各位打招呼。当我上车请几位女老板下车吃饭时，遭到她们一阵痛骂，其中一位领头的从名牌小包里拿出一份与我们旅游公司签的合同，颐指气使地叫我好好看看，哪里写着中午是吃泡面的？你不是坑我们吗？我说赶不上午饭了，这钱会退给你们的。这泡面是我自己掏钱买的，大家先填填肚子。任我好说歹说，就是不理我。还好其他几位男女都在路边吃了赶路。赶到凤凰好不容易，真是祸不单行，偏偏住又出了问题。旅馆有两间房是没窗玻璃的，我只能与团里的两位男青年协商。最后以我请吃晚饭得到他们谅解，一间我睡，一间他们睡，总算摆平。你说这些节外生枝的事，你请示公司解决是不可能的，只有自己想办法。那晚我睡在床上，眼望天花板，眼泪簌簌而下，心里委屈不知向谁诉说。

当有人问他是否成家？他脸色有些凝重，感慨道：年过三十，女朋友还不知在何处？好几年逢年过节没回去了，越是年关越是忙。家中年迈父母催得急，前两年抽空回去过一两次，也相过几次亲，已深感失望。现代中国社会相亲得有车有房，外貌并不重要，也可忽略不计。我一个导游哪有买车买房的钱？当然在严酷的现实面前败下阵来。现在对相亲已心灰意冷，我也不知将来怎样？只能走一步算一步。全心投入张家界的旅游事业中去，希望有更大的收获。

我们几天在湘西的大地上奔波观赏，山水怡情，趣味盎然。总有老画家黄永玉龙飞凤舞“魅力湘西”题字的小旗幡在蓝天的映衬下迎风飘扬，和这人杰地灵神奇的山水组成一幅最美的画卷，令人难忘。不管在“凤凰”“天门山”，抑或在“湘江”漫步，总感到有小 C 青春的面容相伴。正是有了他们无悔的青春年华，湘西才焕发出如此无比的魅力。

2015 年 9 月于澳洲

# 一出玉石秀

跟着旅游大巴奔驰在江南大地上,领略吴越千年文化的古镇水乡,赏心悦目。

我也时常进入各地特色商贾店堂,感受眼花缭乱前沿商业时代的纷繁与令人咂舌的表演。

一个百无聊赖的午后,40余人的旅游团队温柔地走进一家闹市边缘装饰华丽的玉石公司参访。旅游节目单上规定有此购物内容。小李姑娘盛情接待,她在堂中央一具硕大的玉雕“貔貅”前,给各位讲解起貔貅的生理功能。在当今的中国,生意人拜貔貅已成常规,他们崇尚貔貅这种只吃不拉、只进不出的习性,并发扬光大,引申为生财捷径,运用到自己的生意实践中去。貔貅的一尊财神菩萨,受到他们的顶礼膜拜,似乎有了它作靠山,生意就可一本万利达三江。小李姑娘介绍了有灵性的貔貅后,大家纷纷抚摸起貔貅圆润光滑的屁股。

接着,随小李姑娘上楼,沿途金碧辉煌的建筑装饰及玻璃橱窗内巧夺天工的大小玉器工艺品,像都市黄昏前华灯初上般流金溢彩,一一在游客面前掠过。大家在会议室坐下,小李姑娘朴实的语言显出她的诚实与稚嫩,时而引得大家阵阵欢笑。不一会儿,一个小伙过来说:“今日正逢董事长在,请他来与各位见面!”

一阵稀拉掌声后,门被打开,小伙低着头恭敬地站立在门旁,进来一位戴着金丝眼镜、脑袋微秃、腹部微隆、着姜色羊毛衫、中等身材、五十开外的男士,硕大的“H”黄色皮带扣颇为引人注目。他十分虔诚地说着欢迎各位的客套话语,语速又慢又轻柔,带有浓重的东南亚口音,时而还两手合十,低着头向各位致意,令人颇感另类商人的虔诚与诚恳。

接着,他话锋一转,说出今日与各位游客相见的缘由:“昨天陪老爸(Ba字发上升音)从东南亚过来到这里知名医院看病,才有机会与各位相见。”他这带有东南亚浓重口音的普通话,是当今较为流行的一种身份特征。他讲述了健康的重要性,表示将力尽所能,为老爸的健康舍得一切。这简短明了的开场白,给人得体诚恳之好感。

“我这玉石公司在中国投资开办已有二三十年历史,这两个楼层也是我当年买下来的。生意成功了,我不忘回报社会。2008年四川汶川大地震,我去了。在都江堰学校见到几十个死去的学生,很难受。我捐了100万。”掌声一片。“2010年上海世博会上,为中国馆我也捐了800万。”掌声又响起。“今天我得知,你们是海外华侨来我公司,我非常高兴,我这里专赚欧美、日韩人士的钱,不赚你们的钱,你们华侨在海外赚钱不易,赚的多是辛苦钱。身体健康最重要,不要在我这里花钱,你们走走看看就可以啦!今天你们要买我也不会卖给你们,我不想赚你们的钱。”这次掌声似乎更热烈,一位女士不知怎地,仿佛被老板的柔情蜜意打动了,淌了几滴眼泪……

他话锋一转:“今天你们是否有兴趣,我陪你们见识一下玉石?”大家早就被他的义举所感动,异口同声地说:“好的。”

众人簇拥着这位董事长走出会议室,又途经一小段陈列玉雕橱窗的走廊。他在一尊“闻鸡起舞”的玉雕旁停下。他先让大家欣赏这尊玉雕作品。一只精神抖擞、引吭高歌的美丽公鸡,正站在灌木丛中一块突起的石崖上,迎着晨曦亮嗓报晓。玉雕呈三角造型,稳重有力,刀法遒劲,巧夺天工,完美地利用玉石的纹路与色彩,栩栩如生地刻画了一只雄鸡报晓的形象。“这是我多年前去缅甸从一老坑里获得的一块玉石。当时没人看好这块石头,从外表上,根本就看不出里面是什么?是石块还是玉?假如有玉是多大?是否有价值?一概不知。我当时一掷千金买下这块石。后经过技师巧匠艺术加工,一块浑然一体的璞玉呼之欲出,成就了现在这件万金难换的精品。几年前在全国玉雕艺术大展上获得一等奖。这是本公司的镇馆之宝。”话音刚落,一阵稀疏的掌声又响起,还伴着清脆悦耳的手机快门声。

移步换影,在另一橱窗前停下,在牛眼灯的照射下,一棵白嫩镶着绿色菜叶,惹人喜爱的逼真的大白菜玉雕呈现在我们眼前。董事长又开腔道:“这棵玉雕大白菜大家也许在其他地方见过同题材的作品,而此作品的不同之处就是巧妙地利用了‘无瑕不是玉’的原理,巧夺天工将白菜受虫吞噬的情景再现作品中。”顺着他手指的地方,大家才在此玉雕的右下方,两张裸露的菜叶里看到另外一张略成浅褐色的菜叶上,有一条黑头躬着白色身子的菜虫,正在吞噬着残缺的菜叶。这一逼真的玉雕作品再次引起大家的共鸣。这两尊玉雕大作,足以令人们对该公司超凡脱俗的艺术成就,董事长慧眼识材(才)的艺术商业头脑刮目相看，对该公司的艺术玉雕大作赞不绝口。这正是董事长踌躇满志、分外得意之处。

到了另外一间玉石陈列室。大家呈扇形排列，听他滔滔不绝说着玉石辨别之真伪。董事长还将一玉手镯在小条玻璃上刻下一印痕，轻敲之后，玻璃一分为二，玉镯丝毫无损。“啧、啧”声此起彼伏。他又说道：“你们想看我佩戴的玉佩吗？”又是一阵响应盖过他的轻柔缓慢的嗓音。他解开衬衣胸前的钮扣，顺着红丝线，从里面掏出一块足有二三指宽的“如意玉佩”来。“嘘”声一片。他告诫各位只能看不能摸，并将玉佩贴着柜台上的灯光慢慢移动，只见玉佩似云山雾罩，通透性一览无余，引得阵阵喝彩！

董事长清清嗓子又道：“要懂得玉养人、人养玉的戴玉常识。”说着，就演示起胸前佩玉的准确位置。“应该在左右胸的中间位置，高低适中。戴上玉佩就不要再拿下来，让有灵性的玉一直陪伴你。戴得越久的玉会通透圆润，越有灵性。”为让大家更了解、辨别玉与钻石的真伪，董事长又叫柜台小姐拿出一颗红色挂坠，他拿个笔形电筒照这颗钻粒，投影到关闭了房间灯光的墙上，钻粒投影到墙上只是一片暗红色，只有电筒照射出的有个光点。须臾，再拿出另一颗红色钻粒，同样用手电照射，随着手电照射点的移动，暗红色的墙面一道道忽闪忽闪耀眼的红色波折光束。引得大家一阵唏嘘。真假已经自辨。

直到此时，董事长的亲自演绎仍没结束，他屡试不爽的是这最后一招，几乎能统吃全局之功效。柜台小姐在他的授意下，拿出一块铜钱般大小中心圆孔、乳白翡绿相间系红色丝线的玉坠，通过拖拉在柜台上方的灯罩，反映玉石的完美。也同时告之大家这是一块好玉，圆润朴实又不失精致，是一块男女老幼均能佩戴的玉石。当大家都在关注这块玉的价格时，老板又有意避而不答。柜台前的几位，出于好奇，争着看柜台里摆放此玉坠空盒上的标价是2800元人民币。正当大家对此玉与价格都大致心知肚明时，董事长指着前排带着妻子的那位东北男士问道："你老家在哪里？从哪里来？"东北男士脱口而出："东北辽宁，从美国洛杉矶来。""去几年了？国外辛苦吗？""快十年了，很辛苦！"董事长伸出白晰的右手与洛杉矶东北男士紧紧相握，并把他拉近自己，用左手递上系着红丝线玉石让他欣赏，接着又套在他的脖子上，亲切地问道："喜欢吗？""喜欢！"东北男士不假思索地回答。大家都想知道接下来的结果，屏息等待。董事长底气十足地说道："喜欢就送给你！"全场静寂三秒后，爆发出一阵掌声与欢呼声，大赞幸运东北男士碰上大度董事长。东北男士低头双手紧握着董事长的手，连声道谢！董事长还意味深长地说道："等一下，你可将你美国的电话留下？我到洛杉矶来时打电话给你，你一定要出来见我哦！""一定！一定请你吃饭！""吃饭我请你，哪要你请我，你一定要出来陪陪我，聊聊天。""OK！ OK！"东北男士激动得连说好。

接下来的一幕更让人不知所措。董事长问我们这团来了多少人？有人迫不及待地回说："47人。"董事长用坚定的口吻问柜台小姐："去看看有没有47个？"小姐故作姿态表示不理解，还嗫嚅着说："你们今天真幸运，董事长从无此举。"又作无奈状出门而去。此时，董事长已与游客打成一片，无话不谈。有的游客卸下自己的老玉手镯，有的摘下金镶玉的坠子等玉器叫董事长鉴定，董事长一一作出令人满意的答复。

须臾，小姐托着满满一盘小红袋包装的玉坠进来，引起一阵不小的震动。这可是 2800×47 的算数题！不知怎地，由于激动，我也无法准确地算出答案。后来深呼吸几次，才用手机算出结果是 131600。也就是说，董事长按玉坠门市价要白白送出 131600 元。什么是财大气粗？我想这是最好的诠释！此时，董事长再次告知各位游客："各位不要买我的东西，你要买，我也不卖给你！大家将我送给你们的东西玩玩算了。"大家都拿到了董事长馈赠的贵重玉坠，欣喜若狂！我的耳边却响起"没有免费的午餐"的话语，仿佛总与眼前不协调。总之，董事长的个人魅力与逐渐高大的形象在我们这批游客眼前不能抹去。

接下来，董事长露出了难以掩饰狡黠欣慰的笑容。人们像被干柴点燃了购买欲望，继续在发酵。柜台小姐应接不暇，刷卡机在不停地鸣叫，计算器一遍遍换算出人民币、美元的价格。人们拿着吊坠、玉佩、玉手镯等，问董事长多少钱？不少人还要买董事长佩戴的同一款"如意玉佩"。有自己戴的，有买了送先生或儿子的，董事长在一旁佯装不知。标价 198000 元的玉佩，折后价卖 900 美元，约 6000 元人民币。女士的红宝石玉佩，标价 128000 元，折后价 500 美元，约 3500 元人民币，人们大呼便宜，疯狂抢购，怕晚了一步董事长会变卦似的。一下子各类玉器出手数十件。其他翡翠玉、红宝石等多款手镯、戒指胸坠件售出不计其数。人们购买欲经久不息，刚在一旁强忍着乐不可支的董事长早已不知去向……

玉石业有无瑕不成玉之说法，而生活中无瑕可击的应景剧时有发生。

2016 年 4 月于澳洲

# 一日穿越千年

七宝离上海市区不到20公里，现属上海市闵行区。如今交通发达，公交车、地铁、私家车等各种交通工具应有尽有，不消一个时辰就能到达。几年前去七宝的情形至今还记忆犹新。

早上10点左右出门，浏览沿途风光。感慨交通便捷的同时，找寻曾经的旷野农田已是徒劳。代替的是高楼、卖场与起着花里胡哨洋名的高档住宅。不多时，人已置身在向往的七宝。

在七宝古镇外面的主路上矗立着一块巨幅广告牌，上书：

看千年上海到七宝，

看百年上海到外滩，

看十年上海到浦东。

这广告真够吸引眼球，对初到七宝的游客无疑是一种诱惑与激励，信心倍增，加快脚步向千年古镇飞去。

沿着通往古镇的大路走上一段，才在一个不注意的路口拐入。窄小的古镇街道展现在眼前，陌生而又熟悉的江南景致在延伸，淡淡的乡土味在周围渐渐化开。脚踩在古镇的小路上，偶尔有几块溜滑的青石板铺路，足以彰显这千年古镇的沧桑岁月。小街两旁的店铺大都开门迎客，古色古香的店铺大都在卖现代商品，一时之间无暇顾及。我只想徜徉在春光里的小街，兴趣盎然。

上了石拱桥，放眼四周，近处的瓦片民居屋脊在不远处与现代楼房犬牙交错连着天际，河道弯弯，点缀着洗衣女与乌篷小船，构成一幅近代古镇百姓生活风俗图。

下了桥，见一汤圆店门前有不少游客在围观。上前，见到一口大锅里有小如拳头、糯白如雪，尖嘴与圆形的汤圆在沸水中上下浮沉。时近中午，顿添食欲，进店在八仙桌旁条凳落坐。来了“两甜两咸”。甜的咬一口，黑洋酥、猪油香、外加白糖的甜溢满口颊，咸的鲜肉或荠菜也极美味。在这里重拾舌尖上的乡土味。

简单午餐后，看见对面茶馆里人头攒动，又见门口小广告牌上写着某评弹曲目正要开演，觉得有兴趣，问询后，穿过茶馆大堂来到后院。有个古朴小厅，青砖地排放着数排长椅，几根朱漆立柱十分显眼。跑堂的茶倌送上一壶茶，仅五块钱。一会儿，台上灯光亮起，一对长衫对襟男女手抱三弦琵琶上场。清脆的琵琶伴着糯软脆甜的女声，一亮嗓即博得掌声一片，江南雅韵弥漫开来，此时心静如水，品茗赏曲，意犹未尽。

两小时后，步出茶馆，雅韵还在耳边萦绕，只是身感轻松如做次全身按摩似的。漫步河边，三五知己坐农家小船穿梭在杨柳依依、绿水蜿蜒的古镇河道中。两岸水乡人家伴着船娘放歌，乡情甚浓！有兴趣还可去岸边的“张充仁纪念馆”参观，观赏这位艺术家的绘画与雕塑作品，也是一个不错的选择。

夕阳西下，三五知己入座主街桥堍下的“天香楼”饭店。四菜必点：油爆河虾、马兰头香干、白切羊肉、扣三丝，外加八年醇封缸酒两斤，美酒佳肴赛过神仙。饭毕，微醺逛霓虹中老街，竟忘今夕是何年。灯火阑珊处，步入一商店，购七宝名点笋丝烟熏青豆、七宝大曲、方糕及海棠糕等返市区。

一日穿越千年，一个字“值”！其实七宝古镇颇小，在笔者游历过的数十个江南古镇里，她算是最袖珍版的。古镇虽小，但五脏俱全，具备一切古镇应有元素，还以千年悠悠历史著称，盘踞在繁华大都市的咫尺之地，这是其他古镇无法比拟的。

一个现代化城市若有一个千年古镇就近相伴，便有了那些数之不尽的历史人文情怀，像一首《春江花月夜》的民族古曲流淌千年，经久不息。这是人类文明历史的见证；是世界文化的遗产；是人类共有的宝藏。泱泱五千年中国，这些举世无双的文化宝藏不是太多，而是正遭受损毁而消亡。但愿在飞速发展的现代化步伐中，对这些宝藏施以援手，功在千代。

七宝走过了千年，在人类历史的长河中算是一个十分了不起的历史片段。我不知再过千年她是何等模样，但愿她永葆古朴魅力，岁月只能将她的青石板打磨得更加光亮、迷人。

2014 年 10 月于上海

# 西行漫记

2010年10月30日，我踏上了新疆、甘肃之旅。

清晨，上海虹桥机场，她不仅是这个大都市拥有的两大机场之一，还与时代交通的骄子“京沪高铁”起始站紧密衔接，挥写了这世界立体交通的新神话。

现代人的旅游几乎离不开飞机的出行，到西域历史名都乌鲁木齐，飞机也要飞5个多小时。因早起，在飞机上用了简单的午餐后，百无聊赖地望着机窗外的茫茫云海，忽又想起今朝的西域之行，也正是《西游记》唐僧师徒的西天取经之路。出于对《西游记》的偏爱，时常会与名著人物相遇，在西去的旅途中更不例外。迷糊中，远处云海之端一朵白云渐渐飘来，白云上有个影子在晃动，越来越近，定睛一看竟是孙行者“孙悟空”，他脚踏白云，手执金箍棒，头戴凤冠翎子，英气十足，穿虎皮小裙，横空出世。近了，连脸上金色的毛发也依稀可见。啊！正是孙悟空，我喜出望外，只见悟空一个矫健、身轻如燕的跟头翻到了我眼前飞机的左翼上，飞机丝毫没有摇晃。他指着飞机，不知在嘀咕什么？此时另一朵白云又翩然而至，云朵上正是唐僧、八戒与沙僧。只见悟空大声和唐僧在说："师父！不知从何处飞来的大鸟，肚子里竟有那么多善男信女，待俺老孙进去探个虚实！"坐在白马上安详可亲的唐僧娓娓道来："悟空，休得无礼！赶路要紧。"这时，一边挺着大肚扛着铁耙的八戒附和师兄说道："俺八戒也想凑凑热闹，怪物里还有不少美女呢！"老实巴交的沙僧放下担子，一脸惊奇地望着飞机说："如此怪物，实属罕见！"唐僧又发话道："众徒儿，快快赶路要紧，不得耽搁，快快随我而去！"悟空无奈，一个应诺，随师父而去。接着，师徒四人同踩一朵云彩，渐渐离飞机而去，渐行渐远，直至消失在浩瀚的天空中。一阵轰鸣声，飞机晃了晃，我从睡梦中惊醒，若有所失……

午后2点多，飞机降落在新疆首府美丽的乌鲁木齐。5个多小时的航程，如是欧洲小国，早就飞越好几个了，如从乌鲁木齐再往西飞5个小时，才能到达南疆的喀什，中国西北新疆境内的另一个边陲城市，这足以见得中国疆土之辽远与广阔。

出了机场，随机场大巴去乌鲁木齐市中心。在长江大道的小宾馆安顿下来，稍作休息就出门了。

打的，我先告之司机要去"二道桥"的"大巴扎"（巴扎，意为集市）。司机朝我看了一眼，我这才注意起他是个40出头的汉人。也许因为热，他敞开衣裳，不雅地露出了胸膛，并冷冷地对我说："这时，我还送你去那里，如再晚点，我不会去那里的。"我感到颇为纳闷："为什么？那……有危险吗？""那里不是我们汉人常去的地方，都是维吾尔族人，晚上有危险！"我听后吃了一惊。

我接着问他，目前维汉关系怎样？去那里怎么就有危险？他不是十分乐意地告诉我，大巴扎是个大集贸市场，全是维吾尔族人摆的摊，开的店，没有汉人，那里较乱，没什么好玩的，且目前又是敏感期。坐了一段路，他指着前面的立交桥告诉我，那就是“二道桥”了。我注视着这“二道桥”，这里曾在2009年7月5日发生蜚声国内外的暴乱事件。汽车放慢速度，缓缓地经过“二道桥”，下了桥堍，转个弯，在桥下的交叉路口停了下来。司机对我说：“大巴扎到了，过马路进去就是。”付车费时，司机又关照我：“这里小偷多，当心钱包！”我向他致谢与道别，忐忑不安地下了车，警觉中多了一份防范。

“大巴扎”是个国际性的百货集贸市场，人流拥挤，生意兴隆。一个小广场有高大气派的清真寺，擎天的寺塔足有七八层楼高。广场上有小贩摆的各类货物的地摊，维吾尔族小贩在吆喝着，我鼓足勇气迎着大楼钻进了入口处，一睹这“大巴扎”的情景。先被一阵悦耳的域外音乐与阵阵沁人心脾的香气包围，眼前是好几个卖香熏与香水的柜台，有几个打扮妖艳的外国女人，围着黑纱巾，穿着黑长裙，只有手和脸露在外面，精致的脸庞画了浓妆，双手十指上几乎都戴满了戒指，随着音乐节奏，手指在敲打着玻璃的柜面，发出清脆的金属声响。我无心留恋，只匆匆忙忙地兜了一大圈就离开了这里。

回市区，正是晚饭时间，早起匆忙赶路，累了一天，此时感到饥肠辘辘。找了家饭店，要了两菜一汤，外加一小瓶当地的“沙漠之狐”白酒，就小酌起来。

喝完小酒，走出店外，快晚上九点了，天还没黑，这新疆的黄昏真够长的。微风中带有丝丝寒意，毕竟是初冬季节，域外的天气早晚温差大。

早晨七点多起床，窗户外还是漆黑一片，像看错了时间。两个服务员还在店堂柜面后呼呼大睡，我要赶路出门，只能叫醒她们退房。

我踏入这早晨八点后的浓浓晨色中，街上行人稀少，一个环卫女工正手执大扫把，在地上划着一个个大弧圈。早餐后，我登上公交车，天才刚蒙蒙亮，两三站下车，到集合点又上了去天池的旅游大巴。

九点半后，天才大亮，我坐在旅游大巴第一排走道的位子，眼前像宽银幕电影一般，天山脚下的美丽景色扑面而来。

“新疆的面积有 166 万平方公里……”美丽的女导游开腔了：“占中国土地总面积的五分之一，新疆的人口只有 2580 万，维族占 48% 左右，汉族占 47%，还有就是其他民族。新疆由天山山脉、昆仑山山脉等组成，主要划分成南疆、北疆。新疆地大物博，主要出产两黑一白一紫，煤与石油属两黑；一白是和田玉；一紫是熏衣草。”导游清脆银铃般的嗓音在耳边响起，她还着重介绍了新疆是中国熏衣草引进栽种最成功、最大的基地，且新疆的熏衣草不仅有使用价值，还有药用价值，质量在全国属上乘。

没多久，旅游大巴来到了一个民俗文化村，是有几个大小不一的圆顶蒙古包组成。我们一行三四十个游客去了那个大的蒙古包，大家围着平台上的桌子，桌上有丰盛的维吾尔族小点，富有民俗特色。维吾尔族“古丽”（即姑娘），为我们斟上一杯喷香、热呼的奶茶，喝起来确实另有一番风味。奶茶飘香，葡萄干甜美，大家和乐融融。音乐响起，“古丽”翩翩起舞。她头戴小黑帽，帽上镶嵌着闪闪发光的金属片，梳着维吾尔族姑娘特有的、细细长长数十根小辫，脸上略施粉黛，红衬衣外罩艳丽马夹，长裙随着身体的旋转而飘逸，笑靥绽放，时而露一下维吾尔族舞蹈特有的摆动头部的动作，顿时赢得一阵阵欢笑、喝彩声。几个兴趣盎然的男士纷纷上场与之共舞。一个多小时的汉维共欢结束,"古丽"赚的门票钱也已不菲。

大巴继续前行,十月底的北疆秋高气爽,气候宜人,中午的气温还有十几度,路边的白杨树高大挺拔,郁郁葱葱的树叶与草地在和煦的阳光下,似一幅幅色彩斑斓的油画,令人目不暇接。

不多时,我们来到天池景区。我们换乘景区内的小巴,小巴沿着盘山"之"字路,越攀越高,在高处回望我们进景区门口的位置,真有点胆战心惊之感。高度还在攀升,几乎与周围的群山峻岭并肩平视,可以一览众山小的好风光。

小巴在山顶的一块平坦地停下。阳光十分耀眼,路边还有不少积雪,塔形的松树枝上覆盖着厚厚的积雪,一阵风吹过,白雪悄无声息落地,感到丝丝寒意。

午饭是包餐,有拌面与手抓饭,二选一。我选了手抓饭。所谓的手抓饭,是用牛羊碎肉加胡萝卜及油炒饭。一个大铁锅飘着牛羊肉味,锅底中间没饭,而是渗出一大摊明晃晃的油。手抓饭随意吃,汉人不习惯用手抓,我们都用小勺吃。饭后走了百来米,就被前面的湖光山色惊到了。远眺空旷的山坳间,群山环抱中,碧波荡漾的一大池湖水连着远方的天际,"天池"那块湖边巨石上两个遒劲的红色大字映入眼帘,顿感兴奋,不由得加快脚步向前走去。

自然界往往会出乎人们的意料,像变幻着魔法似的,在你惊诧之间,将那些神奇胜景突然间变到你的面前。人们难以想象,在这海拔两千多米的群山之中,会有这晶莹剔透、翡翠般的蓝宝石,这真是大自然鬼斧神工的杰作。我们还坐龙艇大船在天池里游弋了一大圈,饱览了这神奇的湖光山色。在湖中心,游览船上的发动机关了,水花声没了，四周悄无声息，万籁俱寂，阳光下的湖泊静静的，瓦蓝瓦蓝的天空缀着几朵白云，环顾四周，透着迷人的景色，游人沉醉在这美轮美奂的景致中。对面山谷中忽然有人敞开嗓门呼唤起来，顿时，宁静被打破，群山像被唤醒，山谷间回荡着这拖着长音的呼唤。小鸟叽叽喳喳从头顶掠过，游船马达再次轰鸣，浪花飞溅，人声渐起，恢复了原有的喧嚣。

傍晚回到乌鲁木齐市区，去一家旅行社，拿了事先预约的甘肃敦煌、夜光杯与鸣沙月牙泉一日旅游的火车票。这是我到新疆后调整的旅游计划。也就是今明两晚在火车上过夜并赶路，可以多玩几个地方，且甘肃几个著名景点离新疆不远。我想这是一个比较合理的计划，当晚离开车还有两个多小时，而这里离火车站仅三个站。我拉起行李箱就往火车站方向走去。同时一边找寻路边的饭店，要填饱早已饥肠辘辘的肚子。临近火车站，人多饭店也多，匆忙吃了饭，没走多远，就见乌鲁木齐火车站霓虹大字及人头攒动的车站广场。边疆都市的火车站安检十分严格，且又是动乱之后。火车票及身份证件一样不少，所有行李均走安检电脑过关，一经查核是不法分子，就地捕押。中国是个人口大国，每个省会大都市的火车站几乎天天人山人海，乌鲁木齐也不例外。中国人出行的主要交通工具是火车，火车承载着最大量的出行人员，所以说在中国建高铁是大有市场基础的。那时兰新高铁还未建成。

晚上十点后，总算登上了这班开往甘肃的夜间火车。找到了卧铺车厢的上铺位，也顾不得换衣裤。去了趟厕所，回来爬上铺位，和衣就睡了。车窗外，黑夜沉沉，钢铁巨龙在这西北的旷野里奔驰着，一会儿穿越一个亮着灯光的无眠小站，一会儿对驶列车呼啸而过，拖着由近而远的声响，随着一阵白烟迅速飘散。我知道这列火车过了吐鲁番、鄯善，再经过新疆境内的最后一站哈密，就踏上一望无际、寥无人烟的戈壁滩上，也就是我们通常说的“河西走廊”，千年的“丝绸之路”的古道上。想想这一路也颇有传奇色彩，古人嗟叹的坎坷艰难之路，今晚我躺在这钢铁巨龙的温暖车厢里一夜越过……该赞叹的是人类科技的发展。

这一夜睡得真够香的，梦乡里的那一幕幕我早就忘了。一觉醒来，火车像一匹跑累的野马，鼓起了最后的力气昂首冲刺，缓缓停在了甘肃的柳园车站。这车站的名字真给人无限遐想，“柳园”，一个极富江南柳暗花明又一村色彩的地方，对刚刚整整一宿经过荒无人烟戈壁滩的人来说，是迥然不同的感受，一种杨柳依依、春暖花开的江南美景仿佛呈现在眼前。

在出站的通道上，我注意手举纸牌的接站人，他们三三两两举起手中的纸牌并吆喝着去敦煌。我注意到有一张纸牌上，第一个就写着我的名字，我迎了过去。一个中年男子带我到车站广场上的一辆白色面包车上，叫我坐着等，他又去接其他游客。过了好长时间，他又带回四五位中年女子，这才真正上路去敦煌。一路上饱受煤屑尘埃及路面坎坷之苦，汽车就在这石子路上跳跃着向敦煌进发。

总算熬过了这段艰难路程，进入敦煌。我单独又被另一辆面包车接走。那辆车里有两个青年男子，其中一个对我说，他是当地导游姓张，另外一个司机姓王。他还说，今天你在敦煌的一天游览由我们陪同。我顿感有些奢侈与意外，我说怎会一个游客两个陪同？张导跟我解释说，现在是旅游淡季，不像前一阵子小城人满为患。昨天我们接到乌鲁木齐合作的旅行社电话，有游客来，不管几个人，我们都要接待，这是我们的工作。希望游客给我们的工作提宝贵意见。我感到导游说得好，也对他们的接待表示感谢。我们去了一家正宗的西北拉面馆吃了午饭。一大海碗飘着浓浓红油、撒着翠绿香菜与大蒜叶的手工拉面，还有几碟小菜佐面，吃得我酣畅淋漓，直呼过瘾。

汽车在整洁优美的敦煌小城里穿梭，在街心花园我见到了那尊“反弹琵琶”飞天女的雕塑。她洁白亮丽，舞姿优美。也见到了敦煌新火车站，一路上导游简要地给我介绍了敦煌。不一会儿，莫高窟景点就到了，导游关照我游完后，车就在出口处等我，要我记住车牌号。于是，我就来到这向往已久的世界名胜——莫高窟。

抬头望着郭沫若题写的“敦煌莫高窟”五个大字，浑朴又富有韵味。我伫立在简介牌前认真阅读着这段文字：莫高窟俗称千佛洞，位于甘肃省敦煌市城东南 25 公里的鸣沙山东麓。创建于前秦元二年（366），迄今保存北凉、北魏、西魏、北周、隋、唐、五代、宋、西夏、元代的多种类型洞窟 735 个，壁画 45000 平方米，彩塑 2400 余身。1900 年，于藏经洞发现西晋至宋代各类文书及绘画作品 5 万余件。1961 年被国务院列为第一批全国重点文物保护单位，1987 年被联合国教科文组织列为世界文化遗产名录。

莫高窟由坐南朝北的山坡而凿成的百多个窑洞而成，一般大洞在底层，小洞在上层。有几个大洞足有八九层高。大小洞里不是佛像、雕像，就是浮雕与彩绘，几乎每个洞的景观均有不同。我们一行游客随景区导游从上而下，一一参观了十余个洞窟。听着导游经典细致的讲解，一一领略了洞中佛像之风采。为建造与绘制这些佛像的精湛艺术而惊叹，以这种环境形式保存历代佛像与壁画，在世界实属罕见。

我仿佛见到，中国画大师张大千躬身拓片、描摹汲取了莫高窟彩绘艺术之精华，为之而改变了自己以往的画风，向艺术高端发展；也好像见到报告文学的大家徐迟笔下的常书鸿，几十年如一日，执意常年坚守边疆风沙之地，与这些祖国的艺术瑰宝为伴，为保护与研究莫高窟作出了艰辛而又伟大的贡献。

步出莫高窟，斜阳中的塔林被阳光涂上了一层金色，远处的山梁、眼前挺拔的白杨均由绿渐渐泛黄，呈现出一派浓郁的秋色。

我又来到一个工厂作坊，这里就是名闻遐迩的“夜光杯”制作地。工匠们向大家展示几个工艺流程。首先，工匠将产自本地的石料切割后，观其石纹、石质与石色，再次切割，再经外切内铣，最后制成薄胎酒杯，一般石色为黑灰色，石杯是从整块石切割、抛光而成，精致的薄胎如纸，又如蝉翼，缕缕石纹清晰，石杯圆润古朴且透光性强。斟满美酒，酒比杯口要高出一些，形成一道漂亮的弧度，酒杯在夜色中只要有一点光亮就晶莹剔透，这就是享誉世界的“夜光杯”。唐诗所描述的“葡萄美酒夜光杯”的美好盛景，就是对它的赞美。工厂展厅中的各色夜光杯琳琅满目，价格从几百到几万都有。“夜光杯”也从这里走向全国、走向世界。到敦煌观“夜光杯”制作，也是一次古老传统工艺的享受。

告别“夜光杯”制作地，我又去了敦煌的最后一个景点，也是富有魅力的“鸣沙月牙泉”。

甘肃鸣沙山月牙泉风景区，位于敦煌城南 5 公里，古往今来以沙泉共处、妙造天成的“沙漠奇观”著称于世。鸣沙山东西长40公里，南北宽20公里，以沙动成响而得名，月牙泉处于鸣沙山环抱之中，其形酷似一弯新月而得名，1994年被审定为国家级风景名胜区。

在景区门口，导游嘱我可以买一双防沙护套穿上，我挑了副荧光红护套穿至膝盖，脚踝处有两道带子，可以系紧。景区售票处的120元门票确实不菲，导游在旁安慰我说，游玩时间充裕，尽兴玩，5点左右出来，能赶上8点多的火车就行。我看看手表足够玩两个多小时。

进门后刹那间，我看到面前展现了一幅从未见过一望无际的大漠风光图。远处的山岗上还点缀着一个个人影正沿着沙脊慢慢登高，衬着蓝天像排成一行南飞的大雁。山脚下驼铃声声，十余头骆驼载着游人正行进着。11月初西北大漠的下午，无风时，显得宁静淡泊；有风时，风沙漫舞，沙浪滚滚，刚形成的沙丘，刹那间又给大风吹得无影无踪，一片小洼地顷刻间又变成了沙丘。城市人见惯了高楼大厦，对如此荒漠实属罕见。慢慢地、静静地欣赏与感受大自然这一天然浑成的杰作。

我见到路旁一大群骆驼匍匐在地上候客休息，突出的大嘴巴吃着干草，上下牙床左右摇晃咀嚼着食物，像小时候见到推磨盘时的情景。抬头，见陡峭的沙丘上有不少年轻人在滑沙，喧嚣声惊动了几只栖息在路旁树上的小鸟。远处还隐约可见有对情侣热拥着，用手机自拍竿在拍合影，在这天荒地老无边的大漠中见证爱情不枯萎。两个红蓝身影在沙尘的映衬下，青春飞扬。

漫步到前面，我也深一脚浅一脚地爬上了沙丘高坡。一抹罕见的景色跳入眼帘，那是大漠的点睛之处、神来之笔的“鸣沙山月牙泉”。在沙丘的低洼处，有座塔影雕梁楼台，紧挨建筑的是一弯月牙形泉泊，泉边的湿地处还依稀可见没褪去的新绿，这简直就是童话故事里的场景，令人十分讶异。我走近它，想撩开它的面纱，见证它真正的容貌。在我面前的景象不容置疑，那块“天下第一泉”的石碑已经说明了一切。走近这处在大漠环抱中的亭台楼阁，虽历经多年风沙侵蚀，只是容貌昏黄，略显苍老罢了。环绕古建筑的是不黄不绿、不枯不萎小灌木群，它们倚着这弯清泉，在与沙漠顽强抗争下虽身心疲惫，但还是赋予了生命的另一种诠释。仰望有遣唐使日本京都遗风的塔楼，塔层间有不少名家龙飞凤舞题写的字匾，与这苍凉沙丘、古意盎然的塔楼相映成趣。

走出景点，在停车场附近路边的麻将桌见到了司机与导游，他们见我走来，马上结束了手上的麻将活动。在车上我问他们，这茫茫沙丘离敦煌城仅 5 公里，你们不怕哪天城市被沙漠化了。导游告诉我，地方政府既要保护原有的沙漠景点，又要防止它的漫延扩大，尽力做好互不干扰的工作。

几分钟后，汽车到了城里，与另一辆面包车对接。我将与他们告别时，导游说再等等，马上有人会送火车票过来，并拿出一张旅游意见表要我填写，正填写时，火车票送到了，我一看是疏勒河到乌鲁木齐的，这票多买了一站，也就是我从柳园上车，已经放弃了疏勒河到柳园这一程，是上铺。我对地陪的服务十分满意，在意见表的“非常满意”栏里打勾并签名。导游帮我提行李送我到另一辆车上，说时间还早，到柳园还能吃个晚饭再上火车，我一一向他们道别。汽车没多久就又在早晨来的风沙迷漫的路上飞奔起来，黑夜渐渐来临，刚才还满车厢叽叽喳喳的谈话声，现已鸦雀无声，还不时传来酣睡的呼噜声，这声音与车窗外黑沉沉、寂寥苍凉的大地似一曲音配画的低沉交响乐，在荒漠中回响。汽车声嘶力竭似一颗流星穿梭在茫茫夜空中，向着远处那一丝光亮的柳园小城驶去。

火车上一夜相安无事。翌晨，我想好在吐鲁番下车中转签票。吐鲁番的火车站在城外约30公里处，叫大河沿，进城要坐车，约一个小时。在路上见到了日出，火红的太阳在这西域的大地上升起，壮观而美丽。在吐鲁番长途汽车站买了去火焰山的车票。小巴上有十几位乘客，唯独我一人是汉人，我周围全是男男女女的维吾尔族人，他们时不时用疑虑的眼光注视我。要知道这是在新疆动乱之后的敏感期，可在维吾尔族人众目睽睽下，我泰然自若。汽车行驶近1小时，司机叫我可以下车了，因此时已过旅游旺季，长途班车不停靠火焰山景点门口，需行走一段路。在司机的指引下，我刚一跨过路边的围栏，汽车就离我绝尘而去。我望着眼前又窄、又陡且没扶手的路基，心中闪过一丝恐惧。这是一条供查线工作人员的专用通道，我来走真有点勉为其难。但毫无选择，环顾四周，荒无人烟。只能一个人心无二致沿着尺余宽的石基台阶攀登，这条道至少有三四层楼高，上到高处是另一条路，在高处我已见到了庞大身影的火焰山。下了高路，转角就是景点的入口。腾空跃起、手执金箍棒的孙悟空已在眼前。

从地面下的入口处进到景点，走马观花看了一些相关景点的图片介绍，来到了景点地面层的广场。眼前这座名闻于世的火焰山，似一道天然不可逾越的屏障横卧在北疆大地上，山脊连绵起伏，寸草不生，罕无人烟，像一座刚喷发完毕的火山，在秋阳的照耀下，还在散发出阵阵无可抵挡的热浪。山上的一道道深沟石痕清晰可见。这座曾经阻挡唐僧师徒四人去西天取经的火焰山确实非同一般,最终师徒四人不畏艰难,悟空向铁扇公主借来了巨大的芭蕉扇,扑灭了熊熊山火,翻越大山。这些耳熟能详的西游故事,在这里有着更为强烈的身临其境之感。这里还矗立着一杆巨大的温度表,走近一看,红色水银标注在40度,如在夏天这里能突破60度。旁边石碑上的红色大字"火焰山"。这里还有唐僧师徒四人风尘仆仆、意气奋发的群雕,还有牛魔王、手握芭蕉扇的铁扇公主雕像。

抓紧时间,还得去其他景点。匆匆出了景点,在门口的停车广场上见有一辆出租车,我就问司机去不去城里?司机回答我说,是送客人过来的一天全包车。我说等会儿能否将我一块捎上?司机又说,客人倒是两位,还有空位。我没问题,多一人多赚钱,但要问客人愿意否?

等了好长时间,一中年一老年两位男士才姗姗来迟,司机说了我要拼车的事,他们点头同意。司机随后悄声对我说,之后的行程我付40元。我即刻同意。在车上,我与他们两位攀谈起来,才知道他们在此景点久留的原因。原来他们是与孙悟空同一故乡江苏连云港的。我说花果山、水帘洞就在你们连云港啊!他们说是啊。这次来新疆出差,完成公务后顺便好好玩玩。我们成了驴友,一路上谈笑甚欢,也见到了一路上新疆迷人的秋色,见到路边不少小贩站在堆成小山的各色葡萄干与其他水果旁吆喝着。新疆的水果名闻遐迩,看到那些令人垂涎的水果,真想停车吃个饱。

汽车在穿越吐鲁番城区时,我们每人吃了一碗新疆特色的拌面。我随司机一样点了一碗"豇豆拌面",一尝味道不错。筋道的干拌面上有豇豆粒与牛羊肉丁,用酸辣酱料炒制而成,保持豇豆的绿色脆嫩爽口,牛羊肉的鲜香,适度的酱料足以拌匀一碗面。十元还送一碗清汤,随意添面。司机是干拌面的粉丝,听他说每天一碗干拌面,上班在家雷打不动。干拌面是新疆一大特色,各类干拌面有十余种,是深受当地人喜爱的特色面点。

午饭后,我们去了"坎儿井"。听讲解员介绍后才知自己的孤陋寡闻。"坎儿井"是与万里长城、京杭大运河并称为我国古代的三大工程。真是不来新疆不知这回事。在展馆浏览了图文详细介绍后,又到地下见到现保存良好并还在使用的纵横交错的井渠。吐鲁番的坎儿井渠道总有数千条,它是将高原雪山融化的雪水穿越火焰山山脉地下引到吐鲁番来,供灌溉及饮用,总长 5000 多公里。数千年来,它是这里千万百姓的生命通道,是中国古代吐鲁番疆域各族劳动人民勤劳与智慧的结晶。

吐鲁番是我国有名的盆地,且终年缺水,年降雨量才约 16 毫米(仅一次小雨的量)。司机说,他车窗的刮雨器形同虚设,一年用不了几次,在这里雨具无市场。所以水在这里显得尤为珍贵,这里产的瓜果由于光照足、雨水少等原因,特别香甜,全国闻名。这一切全都因为有了"坎儿井"才改变了生存环境。"坎儿井"对这里的人类生存繁衍与发展起到了巨大的作用。

接着,我们又马不停蹄去了不远处的"交河故城"。

"交河故城"是吐鲁番的王牌景点之一。据文字记载,它曾是世界上最大、最古老的生土城市,是全国唯一一处保存具有汉代城市遗址的文物单位,又是世界著名的研究古代城市的仅有标本。它位于吐鲁番城西约十公里的柳叶形孤岛上，长约1650米，宽约300米，四周崖岸壁立，形势险要，易守难攻。建于公元前2世纪，14世纪毁于战火。"交河故城"1961年被国务院列入第一批全国重点文物保护单位。

我们徜徉于交河故城的残垣断壁中，土路、土墙、土庙均历经几千年风化，虽面目全非，但凭简要文字的介绍，便能感受想象中的古代繁荣时的景象。偌大的古城中仅我们三人，阳光下只有我们三人的脚步声、谈话声，我们仿佛在埃及城外荒漠中的断壁中穿梭，对着一段或一堆高低不同残缺的土墙发挥自己的想象。曾经兴旺繁荣的市井、喧嚣的茶肆酒楼、威严的衙府……现在环顾四周，斑驳陆离，一片苍凉冷漠。但它是历史的见证，是人类文明的摇篮。

日落西斜时分，回望这一堆堆古城遗迹，霞光为它们涂上了一层金色的轮廓，虽然只是一堆堆断壁的泥土，但依然有种残缺的美。那是文明的霞光、祖先的足迹！

回城里后，我付了车资，与同道的驴友、司机一一道别。

翌日清晨，早餐后，结束了吐鲁番的行程，搭汽车回大河沿火车站，赶往乌鲁木齐。

在候车站台上，见工作人员正迎着火车驶来的方向，准备接车。我问站在身边臂戴绿色站长标志的汉族女士，火车怎么会从这个方向来？不是反了吗？她告诉我，火车从这边来，还得从这边出！我有点不明白，正好趁这个机会将疑虑和盘托出。我说来吐鲁番本来就不明白为啥火车站要建在离市区30公里外的大河沿？她告诉我：吐鲁番是全国最低的盆地，而吐鲁番市区更低，像一个朝天的碗，碗底是吐鲁番市区。不适合建火车站，而城外地势略高，利于火车运行，所以车站只能建在城外。这列火车马上来了,会再加个车头,一头牵引、一头顶着顺原路驶出低洼地。她的回答解了我的疑惑。

后来一查资料得知:吐鲁番海拔 -154 米。嗨!我庆幸自己到过祖国地势最低处,也到过祖国地势最高处青藏高原海拔 6000 米的喜马拉雅山的大本营。这是我迄今为止到过世界陆地的最低处与最高处。

坐火车回乌鲁木齐,经过一个目前世界最大的风力发电场。这里是世界著名的"三十里风区",每年有 100 天左右刮 8 级以上的大风。我眺望车窗外,远远就看见一支支白色粗杆直插云霄,顶端飞旋的风叶在翩翩起舞,宛如茫茫戈壁滩上飞翔的白鹤和一朵朵迎风绽放的百合花,在晨风中摇曳飞扬,与蓝天白云相映,在博格达峰清奇俊秀的背景下,形成一个蔚为壮观的风车世界。听车上广播介绍,这里就是世上著名的柴窝堡风力发电厂,离大坂城不远,是中国第一个大型风电厂,长约 80 公里(约上海到苏州),宽约 20 公里。看着这或成队列、或成方阵,迎风而立、纵横交错的高大白杆风车组成的近百公里长的风景线,一定会让你称奇不已!

黄昏时,飞机在乌鲁木齐机场起飞,眼望脚下新疆大地,星罗棋布的楼宇街道,纵横交错的河陌,富饶的疆土,生机盎然。随着国家大力发展西部规划实施,这片土地将会更迷人、更富有魅力!

期待再次踏上这片辽阔的疆域,延续这美妙而又充满异域风情的探秘之旅!

2010 年 12 月初稿

2016 年 6 月再稿于澳洲

# 美食篇

# 寒风中的尤物

随着岁月的脚步，又快过新年了。每到这时总让我想起什么，今年也不例外，毫无任何迹象地就想起了猪笑，是那在家乡的寒风中眯着线眼、咧着嘴正傻笑的猪头。

当我们还不知道龙虾鲍鱼为何物时，它早已喜笑颜开爬上了我们的餐桌；当我们面对屈指可数的限量食品发愁时，它占有一席；当我们贫穷落后却意气奋发走在大路上时，有它陪伴的功劳。

念想中的猪头又勾起如烟的往事。20世纪70年代正下乡劳动练红心。大刘比我们大几岁，读了多年的中学还未毕业。因他会烧几个菜，成为伙房美差一员。一天晚饭后，在农家住宿地，我们几个都在，他从墙上的绿色挎包里掏出一纸包东西，还凑到我们每人的鼻下嗅嗅，我只觉得一股诱人的食物香味沁人心脾，在这饥寒的穷乡冬夜，繁重农活后得不到荤腥食物补充，肚里缺油水，食欲为之一振。此时，我们几位毛头小伙像狗见骨头，猫闻鱼腥一样，欲罢不能。视线随着那纸包而动，大刘也有意引诱我们。接着，他又像变戏法似的从包里拿出纸包的半瓶七宝大曲，这些在我们看来均为稀有物品。我们几位眼睛睁得大大的，屏住气息，看他在昏黄的灯光下慢慢地打开外层纸包，再打开里层油纸。我感觉此时十分难熬，像是等待着打开一个五光十色的百宝箱一样充满好奇与贪婪，恨不得扑上去张开大嘴狼吞虎咽。空气在凝固，时间在定格。静寂中似乎能听到各位咽口水的轻微声响。两层纸包终于打开了，展现在眼前的是一堆猪头肉。我们狂呼“longlive 大刘”。我们就这样每人手抓几片猪头肉，拿着传递来的酒瓶喝着辣喉的白酒，把下乡劳动纪律全抛之九霄云外。也不明白大刘怎会有钱请我们吃这些?

从那以后，猪头肉的美味时常会萦绕在嘴边，在那缺衣少食的年代里能吃上一顿猪头肉像是一次美丽的远行，既奢侈又浪漫。也从那天起，大刘有点着急的模样变得高大起来。后来有次，在伙房，大刘说漏嘴告诉我们，请我们吃的酒肉均是上街买菜时菜贩笼络他的小伎俩。再后来，大刘多次在班花“蝴蝶迷”饭盒里放私炒小灶及其他美食被值班老师揭穿，这种小腐败导致他被工宣队撵出了伙房。我们也为他感到遗憾，为我们翘首盼望的下一次美味破灭而惋惜。

多年后，下乡劳动的许多事都已随风远去，唯有猪头肉与大刘紧密相联的故事记忆犹新。

虽然我们都早已各奔东西，也许正唱着《走进新时代》的劲歌，剔着小龙虾品嚼着小鲍鱼，但依然会想起它。它是我们舌尖上过去岁月的定格；是那些年欢乐饮食的缩影。在城市酒馆抑或乡镇小店有它谦卑的身影，它低调憨厚纯真无邪、毫不张扬，虽有些不雅，也不小资，但绝对简单亲和迎合大众，不向权贵聚集。是宴客小聚佐酒佳品，更是欢乐今宵年菜的潮物！在农家年饭或喜庆的欢宴上，它绝对是一道最亮丽的风景，在饮食文化的中国悠悠长河中没有它将大为逊色。

前年冬天，回国在一个小型同学聚会上偶遇大刘。知道他最终没与班花“蝴蝶迷”走到一起。虽然他胖了许多，几十年不见，但还是被我认出，他给了我一个大大的熊抱。听他简单聊了近十年在日本打工的磨难经历，不禁感同身受，同病相怜，并受邀隔周赴大刘府上拜访。

大刘家安在市郊的一处僻静小区内的一幢复式别墅。我和中学同学共三位受到大刘与他年轻太太的热情款待。在参观他家前后花园时，我又见到后院廊下的猪头，为之一震，知道他转战天涯还不改这个饮食嗜好。当然晚上，丰盛的家宴上也少不了这道菜。

去年冬天，又回国一次，得知大刘因病走了，我感到无比悲痛，又和同学登门慰问。

今年又临在中国过年，走街串巷仿佛又看到在赤裸的天空映衬下，猪头高悬在门前屋后的晾物架上，在故乡凛冽的寒风中虽身首异处，依然仰望星空，泰然自若，迎着晨曦曙光、沐着黄昏夕阳，眯着线眼咧着嘴傻傻地笑着……

花儿为什么这么红？
是用爱情来浇灌。
猪头为什么这么香？
是有寒风磨砺和吹拂。

啊！猪头！久违的美味！挥不去的青春时光！

2015 年 2 月于澳洲

# 难忘那碗肉丝菜汤面

中国的面食文化博大精深，是一种非常古老的食物，有着源远流长的历史。在我国面食种类繁多，且十分美味。

在纷繁的面食中，我始终怀念小时候吃过的那碗肉丝菜汤面。虽然讲不出它有什么与众不同之处，但看似平淡，实则内涵丰富。

小时候，家弄堂口有一餐馆名曰“妇女食堂”。一看，就明白全是解放妇女劳动力时代的产物，清一色由妇女打理的餐馆。“文革”后改名为“华阳食堂”。餐馆一天早中晚三市，迎早送晚为周边的普罗大众服务。

几十年沧桑岁月过去，该餐馆众多炒菜点心的印象在脑海中早已支离破碎、片甲不留，唯独那碗肉丝菜汤面记忆犹新，顺手拈来，依旧惬意感怀。

那时经常拿着小锅来该店买碗肉丝菜汤面，给刚下早中班的老爸填饥，或为远道不速之客一解风尘的疲乏。这碗“肉丝菜汤面”功不可没。记得那时，烧肉丝菜汤面上灶师傅绰号叫“和尚”，是一位身体微胖、中等身材、四五十岁的中年男子，四方脸上有点络腮胡，寸头。一般被称“和尚”的都不会凶恶，反正那时还小，也搞不清楚人们为啥叫他“和尚”，好像叫和尚的都与女人无缘。后来知道“和尚”年轻时犯事进去过，出来时已蹉跎岁月，经人介绍，与一位半老徐娘拖个小孩的寡妇一起生活。他一技傍身的厨艺走遍天下都能养活自己，倒是为这女的带来了口福。在那物资匮乏的年代，吃猪鸭牛羊鸡，也许是奢望，难解食欲之馋。但这些动物的下水，多少也能带来吃香喝辣的可能。每天变换着菜谱，硬是从屈指可数的蔬菜中烧出了荤腥的滋味。他娴熟的烹饪技能，精准的油盐酱醋用量，顷刻之间，就能惊艳你的眼球，引爆你的舌蕾。

一天晚上，终于有机会亲历目睹“和尚”一碗肉丝菜汤面的诞生。

那是一个夏日的深夜，年少时拿着小铝锅，穿着背心，趿着拖鞋，踏进了该饮食店。账台“童花头”咧着嘴问我要什么？我将小锅先放在账台上，再从短裤的裤兜里掏出了一角二分钱递给她，并说“一碗肉丝菜汤面”。她扭转头朝后面厨房大声将我要的面点再重复一遍，还接过我手中的锅递进厨房小窗口，我手中拿着她给我的面点筹码，等在大堂。这时大堂一角有几个中班下班的青工在饮酒言欢，店内也仅三四位工作人员，我注意到那天正好“和尚”当班。我来了兴趣，渐渐挪步移向厨房，想一探厨师的烧面过程。我乖乖地站在厨房一角，也没引人注意，而此角度正好在厨师斜背后，一览无余厨师的操作过程。

“和尚”烧完前道菜后，用两勺清水洗锅、刷锅，动作利索快捷。他用炒勺先在一搪瓷小面盆里取冻猪油，放热锅里滑锅后，取一撮腌酱过的肉丝，快递煸炒两三下，再放一撮切丝的厚百叶，再放洗净的

“红嘴绿鸳鸯”菠菜一小把，抖锅，煸炒后，放入身后三角食物架扁箩里如筷粗、下熟晾干的面条，接着翻炒后，舀了两勺炉台上大锅里的高汤，盖盖，猛火焖煮三五分钟。掀盖喷香热气串起，厨师开始调味，放点盐、味精与一小勺猪油，抖锅、晃锅，须臾一碗色香味俱佳、颇具海派特色的“上海肉丝菜汤面”呈现在眼前。粗面条、厚百叶丝、肉丝，还有绿色菠菜点缀，堪称完美结合。飘着油星花的浓汤滋味鲜美，一碗菜汤面呈现于眼前。简洁明了，味美适口，既是大众食品，也受土豪偏爱。那时这碗面只需一角二分，如今12元也吃不到那时的美味。

时过境迁，我曾走遍大江南北，吃过河南开封正而巴经的刀削面。极具观赏性，一小伙头顶面团，面对两三米远的沸水锅，手起面落，一条条筷粗的弧形面条跃入水中，顷刻间一碗飘着牛肉香、点缀着香菜、颇有嚼劲的刀削面完成。也吃过该地另一特色的拉面。一团面团在制面人手中弹跳拉伸，几个回合，变成几千根细如发丝的面条，令人惊叹制面人的高超手艺。掐去两头，面条入水，粗细两面各具特色。

也尝过陕西的油泼面、武汉的热拌面、山西的一根面、姑苏的红汤面、角直的燠灶面、福建的油面、河南郑州的烩面、兰州马之禄拉面、新疆的拌面等，林林总总不下几十种。这些丰富多彩的面点，代表着中国各民族的面点特色及风俗习惯，更体现了中国饮食文化的源远流长，灿烂如虹。可以说，世界上没有一个国家有如此多样的美味面点呈现在你面前。

后又走出国门，久居澳洲，虽然身处一个据说有200多民族的多元化国家，但难觅自己适口的面点，中国那些口碑相传的大众面点也杳无踪迹。这里的面点大都中西结合,已不具特色可言。也有几次自己动手依样画葫芦,采购食材,下厨做心仪的面点,不只是食材的偏差或其他不明原因,做完后只是神似,而味不是,再也找不回以前的味道。本人认为面点的可口传承主要突出两个方面:一是制面的特色;二是汤料与配料的恰到好处。这两点结合提炼才能成为一碗好面条。但有时一方水土养一方人更为重要,原产地的食材在异乡他国是难以烹调出一碗与原产地相媲美的面条来的。

在这远离家乡的异域,尝碗颇具家乡味的面条已成奢望。要解乡愁,时常想起当年华阳饮食店的那碗“和尚”烧的肉丝菜汤面。脍炙人口的肉丝菜汤面与厨师“和尚”的形象还清晰地留在脑海,不知地处另一方的它与他还能了却我的乡愁心愿吗?恐怕早已物是人非。

2015 年 12 月于澳洲

# 当玫瑰遇上汤圆

——写在2014元宵情人节

今天是西方的情人节，玫瑰十分抢手。但今天又是中国人传统的元宵节。虽说在异国他乡，绵软甜蜜的汤圆也照样大受青睐。据说，两节相遇19年才有一次，就变得有些难能可贵。这次又是在国外巧遇这近二十年两节牵手的时刻，多少有些感怀，中国人的风俗节日，不管你身在何处，也不管当地的季节与环境，终究不会忘记。

昨天在悉尼的Burwood华人超市买的“思念”芝麻汤圆，销路异常地好。这汤圆的名字也能勾起满满的思乡之情。而玫瑰倒未置备，当地花店、车站的玫瑰也正热销。行色匆匆的小伙均手拿一支或捧上一大束娇艳的玫瑰，一副激情昂扬的神态。

此时心中掠过“两节相遇谁为大？”的纠结。如以民族情怀为重，当然元宵节为大。况且炎黄子孙民族情堪比山高水深。而这玫瑰也不示弱，此时人又在国外，按时令这玫瑰应拔头筹。一时难分伯仲，不敢苟同。权衡之下，看这玫瑰、汤圆两样不相干的事物能否巧妙融合、两全齐美，擦出异样的火花来。

先来一碗芝麻汤圆再说吧！看这元宵节的汤圆能否吃出情人节

的思念来。一枚圆润甜蜜的汤圆入口，美味瞬间四溢。在民族情怀中慢慢勾起那些早已飘散的陈年旧事的各色“花儿”来：懵懂童年时，在幼儿园那个穿开裆裤受凉总感冒而鼻涕挂前川的“童花头”、小学同桌扑闪着大眼三代农工子弟的“小芳”、中学爱打扮阿爷是红帮老裁缝的亮丽“小宁波”、大学里住中行别墅高职千金俏皮的“窈窕女”到工作时侨眷“厂花”……这些“花儿”如过山车般地在我脑里掠过，像斑驳而支离破碎老电影的画面，时而模糊，时而清晰。不知她们如今可好？是否也在捧着碗吃着那甜蜜的汤圆，像“庄周梦蝶”般也能想起远方曾经的我。而我早已被无情的风儿吹走插在这南国天涯。

那些纯真年代、天真无邪朴素的花儿曾带给我一袭暖梦，灿若繁星。也许现在早已黯淡无光，寥若晨星，撒落天际无处寻找。倒是那碎银般爽朗的笑声、青涩的容颜以及令人捧腹绵延至今的那些城南趣事，依旧像一坛陈年醇酒，时不时会随风飘来一阵阵扰人心脾的清香。

在情人节吃着元宵节汤圆，中西文化的融合，也真有点落花无情的伤感掠过。最后两汤圆也不知啥味，就囫囵吞枣般下肚。吃完汤圆，从阳台上的花盆里剪了两三支南国的玫瑰插入花瓶里，满怀深情地注视着，愿那些“花儿”像这玫瑰一样娇美竞放，顺便带上我的良好祝愿：遥祝万里之外那些曾经令人心仪的“花儿”元宵、情人节快乐！

2014年2月14日于澳洲悉尼

# 扰人大闸蟹

每逢吃蟹的季节到来，总是令人期待与深切怀念。那八腿二螯的美食尤物被急窜的人间烟火蒸得瑰丽通红、隆重地摆上餐桌时，我们的眼球再也别无安放，舌尖的味蕾瞬间会起化学反应，预示着一场暴风骤雨式的美食战斗即将打响。温热的米醋和着细碎的姜末，再放入绵白粉状如雪的白糖搅和，大闸蟹的绝配蘸料就完成了。缕缕醋香裹挟着微辣姜味飘逸在秋天的空气中，显得如此缠绵与温情。本相安无事、温良恭俭让的大神们终于露出了俗不可耐、诡异恣意的猴急，眼急手快、争先恐后将上等尤物抢先归己。这也怪不得这些貌似文明的食神，是大闸蟹的闹腾使他们乱了方寸。此时，打开烫手的大闸蟹主身背壳，将蟹身一分为二，红色蟹黄抑或白色膏状呈现，蘸着醋料，香气扑鼻，直窜肺腑。蘸料上漂浮着一层浅红色蟹黄油星渐渐弥漫开来，心无旁骛的各大神们怪异的吃相也应运而生。上海人的吃蟹完全可以拍部《舌尖上的大闸蟹》。

几年前，在上海福州路（俗称四马路）王宝和酒家吃蟹情景记忆犹新。冒着蒸汽叠高的小笼屉，每人一笼，像珍贵的民间土特产包装盒，打开笼盖，一只红色的大闸蟹拢腿收螯安详地盘坐在这白色烟雾缭绕中，壳背上被抹上了一层油后更亮丽勾人，像一块未经雕琢的红玛瑙惹人喜爱。醇香的越地佳酿与美味的大闸蟹瞬间秒杀一切食物。餐桌上，有几位无惧路途遥远，专从日本飞过来吃这一餐大闸蟹的。

世界真奇妙，只有这几十平方公里的阳澄湖盛产此尤物，出了此湖，出产的大闸蟹均为山寨。像传说中的“贵州茅台酒”如出一辙，出了那茅台村，酿出的茅台就变了味，唯独茅台村的茅台才是纯真珍品。什么追求产量、挖掘潜力全属恣意妄想。这阳澄湖水养育的大闸蟹也同属此理。那一汪江南水乡灵魂与血脉的湖水看似无异，实则不同，由此变得十分金贵。各路商家超强的伎俩也层出不穷：有人买湖中蟹苗回去哺育；有人将另地的成蟹放养此湖中，业称“洗澡蟹”；有人将此湖水运回家乡养蟹等，凡此种种，出产后的成蟹虽与阳澄湖大闸蟹有异曲同工之妙，不管神似还是形似，也不管你具备了青壳白肚、金钩、黄毛这些特质，实则还是相去甚远。个中奥秘并非故弄玄虚，离了那湖，离了那水，离了那天时地利的气候环境，是出不了真正的阳澄湖大闸蟹的。一时之间，阳澄湖大闸蟹显贵身价不可同日而语。群蟹奋起反击，一番乔装打扮以阳澄湖蟹充斥市场，小贩为趋利铤而走险。真正的阳澄湖蟹无奈披挂验明正身的金腰带与指环，有别于它蟹。一只刚出水的螃蟹被弄得花里胡哨，真令人啼笑皆非。但这一切随着商家逐利的高超仿冒技术而终止。一场场仿冒闹剧后来趋于表面平静。最终，阳澄湖大闸蟹独辟蹊径，昂首挺进高档酒楼、超市与专卖店，身价领跑各群蟹一大截。这也就是日本，东南亚人士舍近求远去产地或上海等地吃正宗阳澄湖大闸蟹的缘由。

大闸蟹的得名来自于“捕蟹者,在港湾间,必设一闸,闸以竹编成,夜来关闸,置一灯火在簖上,蟹见火光,即爬上竹闸,当即便在闸上捕之”。可实际情况并不能。现在阳澄湖中捕捉的都称大闸蟹,不管大小。在蟹季来临时,有不少异地蟹也冠以大闸蟹。

大闸蟹有雌雄之分,“九雌十雄”是吃客们对大闸蟹美味可食度时间节点上的区分。通常来说,在深秋刮北风时,此时的螃蟹都是不错的。所谓的“西风起,蟹脚痒”,就指的是这段时间。当然也有在夏季吃“六月黄”的美味,此时虽然螃蟹的个头还未长好,但蟹黄已经成型,也较结实。为尝此时的螃蟹美味,一般均制成“醉蟹”或“毛蟹年糕”,也是两道美味佳肴。醉蟹具鲜香咸集一身,对某些食客来说,也意味着“万千宠爱集一身”,“小蟹一块寄深情”。在它还处于鲜活状态下,用高度白酒、葱姜、生抽、盐糖等调味焖制,活蟹在醉意中陶醉而迷失,经过几天冷藏腌制;酒香渗入螃蟹体内,奇香无比,鲜中带咸,咸中带鲜,略带微甜,肉嫩滑腻,丝丝美味,滴滴香浓。有时,一只铜板大小的醉蟹斩成数小块可供数人食用,那种鲜香美味唯它之最。所谓“大味至简”,也许就属此理。毛蟹年糕也不赖,是深受江浙一带食客所欢迎的菜肴。记得多年前,在上海一家人声鼎沸的餐馆吃饭,几乎每桌都点此菜。盛名之下,我们也心照不宣,非它莫属。须臾,毛蟹年糕上桌,刹是亮眼。红油赤酱、一分为二的毛蟹有七八个。活蟹一斩为二,面粉压紧被斩蟹肚处,有防蟹液外流之功效。放油锅炸之七八成后捞起,另起锅用高汤将螃蟹、年糕勾色、调味,焖煮几分钟后,一道色香味齐全、惊艳的“毛蟹年糕”就完成了。那家餐馆“毛蟹年糕”的名气渐响,颇受食客青睐,成了每桌必点之佳肴。据说当令毛蟹季节，该店专由一位师傅独家掌勺，别无旁顾，每天只烧此菜，以确保此菜的口味纯正与一致。

螃蟹在中国历史上也影响深远，尤其是不少文人雅士甚至上升到"生平独此求"的高度。以美食家自居的李渔说起螃蟹眉飞色舞，垂涎三尺："予嗜此一生，每岁于蟹未出时，即储钱以待，因家人笑予以蟹为命，即自呼其钱为买命钱。"一语道破了他说到螃蟹一副失魂落魄的模样。素以好吃自居的苏东坡、陆游、袁枚、李白等名人骚客留下关于螃蟹的诗文记载也不在少数。"铁甲长戈死未忘，堆盘色相喜先尝。螯封嫩玉双双满，壳凸红脂块块香。多肉更怜卿八足，助情谁劝我千觞。对兹佳品酬佳节，桂拂清风菊带霜。"这是曹雪芹在名著《红楼梦》中对持螯赏菊的描写。

在澳的日子就没那么幸运了，不像港澳台地区及东南亚各国，在中国大陆当天捕捉的大闸蟹坐飞机，一般下午能到达这些地区，晚餐时分就能走上各家餐桌与饭店，顿时鲜美亮丽的大闸蟹来到人们面前，等待食客的品尝。

此时，正值中国的仲秋时节，在澳洲的明媚春光下，又忆起家乡吃大闸蟹的情景。澳洲路途遥远，八千公里有余，飞足 11 小时，虽然被捆绑结实的大闸蟹侥幸安然无恙，恐怕还是进不了澳洲。因为澳洲对一切活性生物严禁进入，岛国自成一体的环境保护，非常注重其他不明生物入侵，所以在澳洲的市场饭店是见不到这一尤物的。澳洲也不出产大闸蟹，而是出产很优秀、身躯比大闸蟹大几十倍的青蟹或皇帝蟹，硕大的皇帝蟹小则几公斤，大至十几公斤的都有。有时，一个人两手还拿不动。有次在塔斯玛尼亚的侯巴特一家中餐馆，见一皇帝蟹有16公斤，一桌十人只须一蟹三吃足矣。一个鲜红如小脸盆的蟹壳里面能放几斤蟹汁炒制的面条，蟹脚剔出的腿肉堪比成人手指粗，蟹黄也是鲜红的一大块。记得一次报社请移民官员用餐，最后一道汤上桌，起先还以为是番茄汤呢，吃到嘴里才知是蟹黄汤，鲜红的蟹黄迷漫汤面上，像番茄飘浮在汤上一般，可以想象要用多少蟹黄，汤鲜味美。当然蟹有海湖之分，味道各有千秋。

几十年来，大闸蟹已经成为代表中国的一种食物特征，也成了中国招待世界宾客的一道体面而又独具风味的菜肴。那时的大闸蟹又会改头换面，用另一种姿态走上餐桌，令你惊叹！此时的螃蟹乔装打扮，脱了蟹壳外衣，在独具匠心、高超厨艺的大师傅精心制作下，“炒蟹粉”“蟹酿橙”“蟹粉狮子头”与“蟹粉小笼”等这些与大闸蟹相关的名菜佳肴都会一一呈现，体现中国人对远方来客不仅仅是不亦悦乎，还充满好客与热情！

有大闸蟹的日子是幸福的，当菊黄蟹肥之季，温壶小酒，明月当空，持螯尝菊，真乃美味人生！

2015年10月于上海

# 秋雨点石斋

过了立秋，这天气应算是秋天啦。可八月的上海丝毫没有秋高气爽的迹象，感觉却越发闷热，蝉噪阵阵。时近黄昏的太阳也不甘示弱，在林荫道与路边的墙上投下斑驳的梧桐树影。

离淮海路一箭之遥的永嘉路也属这海派都市颜值颇高的文艺范地表之一。这里不仅梧桐繁茂，西式洋楼也点缀其中，颇具法式风情。

一阵缠绵秋雨不期而至，淅沥声中踏进路边一幢别墅精致红墙勾勒分明的门洞，外墙竖匾的店招上书"點石斋小宴"行书，是学者余秋雨先生为原住地胞兄饭店命笔添趣之作。凭他当今在文坛上不胫而走的声名，就知晓这块颇具书法功力的招牌含金量不低，也体现了一位有声望学者成功商业的象征。看似静止的旗幡不在这秋色里飘逸，却在文学爱好者与附庸风雅者的心里灵动起来，仿佛来此不仅是吃饭，而是在这酒楼茶肆恍若文学的殿堂里寻觅另番滋味。

在服务小姐的引导下进入客厅。这是一幢上下两层均有多个餐室的饭店。落座在一间有三四张小圆餐桌的房间，这里环境优雅，餐桌上的餐具精巧，摆放得体，"点石斋"的招牌字样在餐具包装上也别具一格。在这蜡地、钢窗、吊灯及墙上抽象画洋溢着小资情调的文艺氛围中，品尝魔都本帮菜之浓郁、江浙湖海鲜及土特产之鲜美醇厚，最主要的是在这触手可及、毫无顾忌的大学者文思泉涌之地大言不惭地畅谈文学之高下，登堂入室，尽情游弋、体味大学者苦思冥想、徘徊时的恼人窘态，也是食客的另番玩味。

不一会，慕名陆续而来的余粉将餐室坐得满满当当，欢快热闹的气氛此起彼伏。我们这桌共四位，曾经的男女文艺愤青渐已老去，但追星、追名家、追至高无上文学的热情从未消褪，犹如大革命时期追求革命真理一样，怀有执着的情怀与高涨的激情，呼朋唤友才成就今

点石斋小宴

天的文学拌饭、美酒吟唱。这不拘一格的饭局，要归功于我们的老孙与秦老师，二位也是铁杆余粉。

我们各自在精美菜单上搜寻心仪的佳肴，最后以四冷盆、四热炒、一汤，落单。老孙将带来的一坛三斤精装十年醇绍兴封缸酒捧上了桌，红纸金字的标贴、古意盎然的瓦缸盛器，打开泥封木塞，瞬间醇香扑鼻。这里没有粗砺的瓷碗，否则捧碗喝更对劲。四碟冷菜飘然而至，分别有四喜烤夫、紫薯红柚色拉，点缀着一撮山核桃肉，一碟醉鸡，还有一碟是我一往情深的六月黄醉蟹。大家碰杯畅饮大半杯，话题就层出不穷，谈时事、聊家常！那种老友相聚的惬意亲切感油然而生。果不其然，余粉老孙言归正题，建议在尝江浙、本帮菜肴，品绍兴名酿时，聊余先生作品最为贴切。这一提议受到大家的一致赞同。老孙呷了一大口名酿，整整衣领，一副正襟危坐的模样，俨然像背"老三篇"似的。他非常接地气的背诵了一段余先生《文化苦旅》中描写老孙家乡的经典段落：

"开封。它背靠一条黄河，脚踏一个宋代，像一位已不显赫的贵族，眉眼间仍然器宇非凡。"停顿一下，继续："省会在郑州，它不是。这是它的幸运。曾经沧海难为水，老态龙钟的旧国都，把忙忙颠颠的现代差事，洒脱地交付给邻居……"

大家齐声喝彩，异口同声用河南话点赞："中"（重音）。真出乎我意料，看来老孙是有备而来，并不附庸风雅。是余先生的华彩篇章、优美文字打动了他，是他真情实感的流露。席间，还有这么一出精彩折子插曲，真令人赏心悦目。美食与精彩文学段落互动相得益彰，如同余先生太太马兰女士唱黄梅戏《天仙配》般富有魅力。

在迷漫着小资情调的氛围中，我享受着“六月黄”醉蟹的人间美味，每一次与它相遇，都使我欲罢不能，忘乎所以，会失去往日食桌上温文尔雅的神态，显得粗俗与恣意妄为。我会感到食蕾味觉已被这小小的湖鲜掀翻，当这种鲜美滑腻、温婉柔软之物裹着浓烈的酒香送入嘴中，仿佛时光止步。那瞬间的美味喷薄而出，溢满口腔。真想不到这宛如铜板大小的躯壳下居然有如此迷人之味，实属罕见，实乃是食中尤物。满桌的美味佳肴在那八爪螃蟹的霸道横行下，往日的滋味仿佛不复存在，乖乖地拱手相让，它就这样轻而易举地独占鳌头，睥睨众食品，一副“万般皆下品，唯有螃蟹高”的得意神态。每当在国内品尝这美味时，总让我纳闷，为什么澳洲同纬度地方的湖里却产不出这些尤物？真乃一大憾事。后来再琢磨，泱泱华夏不也只有江南、只有阳澄湖盛产此物，若是他乡也有此物，只能是“南橘北枳”。虽然这些貌不惊人的湖鲜登不了大雅之堂，却是天下众多食客的一道饕餮之物。由此想起“大味至简”的至理名言。

几道家常的热菜上桌，红油赤酱、铮亮的红烧肉，响油鳝糊、糟溜鱼片与炒双菇。看似简单平常，但颇具功力。方正糯香红烧肉，酱色诱人；寸段指粗肚黄背黑的鳝鱼在响油中舞动；白黑配鱼片木耳糟香正浓；双菇配绿叶菜蔬，犹如江南小家碧玉女子般赏心悦目，最后一道越地喷香老母鸡汤收尾，堪称完美。

酒过三巡，几碟小菜已在我们的欢声笑语中消失殆尽。我们的女才子、刚退休赋闲的中学秦老师，从包中取出一本装帧精美的余先生的《文化苦旅》，打开到扉页，向我们炫耀着几行龙飞凤舞的字体：“共勉！余秋雨……”我们一阵赞赏。接着秦老师像在课堂上用字正腔圆的普通话向同学们朗诵起来：

南京。六朝金粉足能使它名垂千古，何况它还有明、清两代的政治大潮，还有近代和现代的殷殷血火。许多事，本来属于全国，但一到南京，便变得特别奇崛，让人久久不能释怀。历代妓女多得很，哪像明末清初的“秦淮八艳”，那样具有文化素养和政治见识，使整整一段政治文化史都染上了艳丽色彩？历代农民起义多得很，哪像葬身紫金山的朱元璋和把南京定都为天京的洪秀全，那样叱咤风云，闹成如此气象？历代古都多得很，哪像南京，直到现代还一会儿被外寇血洗全城，一会儿在炮火中作历史性永诀，一次次搞得地覆天翻？中华民族就其主干而言，挺身站起于黄河流域。

瞬间，报得一阵掌声。余先生的美文在这里静静地流淌着，像似刚从黄河边的古都开封汹涌澎湃奔流到了长江边集古今名城于一身的南京，激起了惊涛骇浪！它们背负着同样沉重的历史，走过了千年风雨沧桑，再次气宇轩昂地挺直了脊梁。

文学的魅力是巨大的，各位无不为余先生的文字所感染。我想此时若余先生走进来，见我们这两位如此崇拜的余粉在他饭店破费不说，又在此大秀他的作品会有何感想？说真的，我们两位余粉确实对余先生的作品崇拜有加，老孙如数家珍地报出余先生数十本书名及一些篇名，家藏几乎余先生的所有作品，且阅读不少于十遍。秦老师更不止，她每每会在课堂上用余先生的文章作范文诵读，只要你说出余先生任何作品中的一小段，他们都会告之你出自余先生的哪篇文章，这已是不争的事实，屡试不爽，我早就听闻此佳话。

品尝美食的同时，更沉浸在浓浓的文化的氛围中。此时，我已感到“六月黄”的绝味也难抵如此秀色可餐的精美文字。从中领略了学者铸就的“文化苦旅”威名与“行者无疆”跋涉的艰辛。

——惜别了文友与“点石斋”。魔都淮海路流金溢彩的灯火飘落在身后。仰望夜空，星光璀璨，宛如这文明古国浩瀚的历史长河，多少文人骚客留下的华彩名篇熠熠生辉。虽说他在现实生活中引人非议，这也是不争的事实，但在现代文学史上余先生也应有一席之地。

秋凉如水，回味起余先生那些激情澎湃、富有感染力的精美篇章，心驰荡漾。只是不知往后大学者若有作品问世，会否因商道烟火的浸淫而失却了以往的纯真与豪放？抑或会烙上明显的别样标记。看似一次普通的美食畅谈小聚，却更像是一次余秋雨先生现代文学赏析文化之旅。

2015 年 9 月于上海

# 一碗风姿绰约的上海小馄饨

对美食的向往比追求真理要容易得多。

从上海南京西路“凯司令”隔壁的“静安别墅”进去，沿主路到南门出，往西约50米就能见到一家不起眼的饮食小店。店匾上书“原静安别墅弄堂小馄饨”，算是它掷地有声金字招牌的出处。原来别墅内整顿小店小铺，还别墅清静环境面貌，该店无奈才迁入此处。

为品尝一碗美名不胫而走的“小馄饨”，两次前行才如愿以偿。

第一次去时近中午，找寻该店不难，稍一问询，几乎附近居民都知道。到店买单时才大失所望，告之小馄饨必须在上午九点前才有。从“必须”两字我领会了其具备的一种所向披靡的傲气。既然到此吃不成小馄饨，那就尝尝其他吧。餐牌上一溜品种不少，一碗咸菜焖肉面被选中。须臾，一碗面来到面前，白里带粉色的一块焖肉衬在清绿色的咸菜上，倒也赏心悦目。就是焖肉瘦身了，也许好久不吃焖肉面了，物价指数早已上升。宽汤焖肉面味道不错，油肉有咸菜作伴倒也不觉油腻。吃完面，走出小店，总还在牵记那碗没吃到的小馄饨。

数天后，外出去那方向，还记得“必须”两字，赶早到此。欣喜，在店门口就见到有人在包、煮小馄饨了。即刻下单，挨在五六人后排队等候，也目睹了一碗美名远播的“上海小馄饨”的诞生过程。

小馄饨的制作是在店门口操作的，门边摆放了两个大炉上架着两个大锅冒着热气，一个在炖骨头汤，一个是专用下小馄饨的。一位阿姨在门口的另一边站着包小馄饨，一大盆粉色肉馅像座小山隆起，一小半似半壁江山被砍去，如悬崖绝壁。只见阿姨指拈小方面皮，展皮刮馅，裹皮轻捏，投入小塑料篓里，动作娴熟，眼花缭乱，似台节奏明快的机器一般，不会乱套。转眼间，数十个小馄饨裹好给下馄饨的师傅。听熟稔该店的顾客才知，今天正好遇到老板下厨。一位五六十岁的戴着黑色宽边眼镜、长舌帽的男子在台上摆放五六只碗，舀起骨头汤，挨个碗放，约半碗，随后紫菜、虾皮、葱花、蛋皮丝、榨菜末，接着又用小勺在搪瓷杯舀点白色熬冻的猪油放在各碗里，在大锅滚水中投入小馄饨，一招一式，身手不凡。须臾，只见小馄饨几番在滚水里沉浮后，老板用筛网捞起小馄饨盛入碗内。这样，一碗风姿绰约的上海小馄饨就诞生了！

捧着一碗热气腾腾的“上海小馄饨”落座品尝，也没忘用 Iphone 先照上一张。柔软嫩滑的小馄饨入口，鲜香生津。嫩黄的蛋皮、深紫的紫菜、翠绿的葱花、玉色的虾皮，十数只白里透红的小馄饨，裙边舒展着，犹如小金鱼的裙尾展示它的身姿。

一边品尝着，烫并快乐着。在江南、在上海，一碗小馄饨再平常简单不过，但要成就它的美味可口，做出与众不同的特色来却不易。离店时环顾店堂，发现墙上镶着的镜框还有数张中英文报纸报道该店的文章及图片。小店真了不起。又将 Iphone 对着喜笑颜开的老板拍张照片，也算到此留念。

2014 年 7 月于上海

# 南翔食色之行

春暖花开，又是一个风和日丽的早晨，缕缕春风拂面，春天如此美好！

从上海市区坐地铁约半个钟头就到市郊的南翔镇。现代化的地铁交通给人们的出行带来了极大的便利。

南翔曾是全国优秀卫生城镇，以百年传承的南翔小笼馒头而闻名。目前卫生城镇的标杆称号是否延续不得而知，但南翔小笼的美名依旧响彻海内外。慕名来南翔的无非两个原因：一是尝萦绕嘴边的美味"南翔小笼"；二是观江南的特色园林"古猗园"。此行难敌这"食、色"二字的诱惑！

古猗园，上海五大古典园林之一，位于嘉定区南翔镇上，风格与苏州的名园拙政园比较接近。是江南古典园林的奇葩。它始建于明朝万历年间，早先为私家宅院，院内以竹刻、书画、叠石见长，还广植绿竹，园名取自《诗经》"绿竹猗猗"句，故名"猗园"。园内介绍文字还提及，此后几经周折，清乾隆十一年(1746)为富商叶锦购得，大规模地重修和改建之后，取其由前朝园林沿袭之意，更名"古猗园"，沿用至今,现为国家 4A 级旅游景区。

该园虽然历经“文革”严重摧残毁坏,但恢复得也较快。门庭还是原有红漆飞椽翘角,中间“古猗园”三个金字行书苍劲醒目,两扇朱漆大门洞开,门左右两堵波浪起伏的白墙蜿蜒延伸,在葱茏的绿树中若隐若现,一派典型的江南园林的韵味扑面而来,令人玩味。一入园,就被这江南名园的古朴端庄所吸引,小家碧玉般古典风情的仕女雕像错落有致、风姿绰约,但又不艳丽奢华。几十年过去了,园林格局依稀从原有的影像资料中作对比,才知相差不多。只是感慨岁月的淬炼对自然界也许微乎其微,对人而言确是巨大的。草木一秋,来年新生。人生一世,难有复返,故人生有此感慨。

在园内逛一圈,择一处水榭亭台泡杯茶,赏景品茗,悠闲自得。蝶飞蜂舞,杨柳低垂飘逸,各类鲜花竞放,一阵清香鼻息下掠过,别有情趣……

据介绍,园内还有些建筑物具有地方历史性的纪念象征。戏鹅池西堤上的白鹤亭,顶端白鹤停立,展翅欲往南飞,是根据古代“白鹤南翔”传说而建此亭,南翔地名亦由此而来。园林不大,游览一圈,一两小时足已,在探古幽情中浮想联翩。

步出园外,清闲世界戛然而止,公路左右两边的汽车呼啸而过。走数十米就拐进隔邻的“古猗园餐厅”,百米开外就能见到门上的横幅:世界金奖——南翔小笼。店内大堂人声鼎沸,二十余方桌圆台都食客满坐,一派兴旺之势!

据说,南翔小笼也有百年历史,传承至今,总有它旺盛生命力的奥秘所在,植根民间,百年不倒,已成为上海的一大名点,深受民众所爱。

开票买了小笼与鱼圆菠菜汤，先找位，后取货。一场等待已久、撩人舌尖的美食终于开场。不是每次尝试美食均要肥甘厚味，那些顺手拈来的小点照样能掀翻你的舌蕾。而南翔小笼就是属于这一种类。随着蒸腾的热气呈现在你面前，竹制笼屉内 20 只玲珑精巧的小笼馒头，犹如 20 朵白玫瑰含苞待放，煞是好看。咬一口欲罢不能，薄薄的面皮裹着肉馅，肉香汁鲜、顿时传遍口颊。在国外，是吃不到如此的美食的。突然想起，曾有老外说这小笼的肉汁是用针筒打入面皮内的，虽然这笑话体现了老外对中华名点的探索精神缺乏了解，可想而知对如此中华名点他们怎会理解？在国外，难觅类似中国包子铺这样的美食小店。老外几乎不喜水蒸食品，就连电饭煲也不擅用，这就是饮食文化的区别。西方饮食喜冷，东方爱热。在冬季，东方偏爱盛行的火锅，老外也了无兴趣。倒是 BBQ（烧烤）他们会隔三岔五、饶有兴致，吃得津津有味。

须臾，风卷残云，整整一笼小笼包被消灭了，那碗翡翠白玉汤也喝完，直呼过瘾！不张扬、不奢华，这就是南翔小笼带来意犹未尽的美好享受！有时它足以胜过一顿丰盛的筵席。

2014 年 5 月于上海

# 河南的面食与羊肉汤

中原大地是中华民族的发祥地与摇篮。这里孕育着几千年中华文化的精髓。有人说,越是背负着沉重的历史文化,越是会被这种文化裹足不前。事实证明,历史文化名城的维护远比推倒它重建一座新城更有历史价值。人类世界在呼唤现代化城市的同时,更需要呼吁那些有着深厚文化底蕴的历史名城得到更完善的保护。这是人类社会文明发展的见证。

多年前,因公务曾多次去过河南的省会城市郑州与历史名城开封,并也由此结交了挚友。每次去豫地,总有不一样的感受,除了朋友尽地主之谊的热情款待,对当地景色的溢美之余,那些小食佳肴的美味,不时想起,还颇有扰动舌蕾之感。

记得一次,已过午餐时间才到郑州,饥肠辘辘,在朋友的推荐下,去了一家河南烩面馆。朋友热情地说,尝尝河南的羊肉烩面。须臾,一大碗羊肉烩面上来,这碗像一小脸盆,十分壮实,真有吃完它跟晚饭说“Bye Bye!”的感觉。看着那烩面满心欢喜,粗面上有好多片白切羊肉,还有鹌鹑蛋菜心围边,乳白色宽汤。饥不择食时,面对如此美味袭来怎能抵挡？先尝一口汤，美味溢满口颊，一大筷面条入口，绵软有筋道。也没了斯文，瞬间，一大碗羊肉烩面下肚，朋友叹为观止。填饱了肚子，人也精神倍增，出了面馆，在郑州的经纬路街道上溜达，虽是夏末初秋，满目梧桐浓荫蔽日，甚为凉爽。见过上海、南京的壮观梧桐景象，而在这黄河之北一隅隐于长街短巷的绝色梧桐，也堪称一绝。

开封，是黄河边上有着几千年历史的文化古城，承载着七朝古都的历史美誉，是华夏大地上一颗十分耀眼的明珠，闪耀着古代文明的灿烂。这里的每一座寺庙、古建筑或百年的参天大树几乎都浸淫着古老文化的气息，引人入胜。当然古城所特有的传统饮食文化同样具有魅力。

古城之晨，混杂着各种食物的香味。由朋友带入一家羊肉馆，开封一带牛羊肉盛行，这里街上、饭馆等处均能见到戴小白帽的回族人。一般的饭馆店招上都有“清真”二字，表明自己的回族特色。

入店，面对一大方锅蒸腾冒着汽泡的羊肉汤，更是头一回。择肉、切肉，分放在几个大碗中，一大勺滚烫的乳白色羊肉汤盛于碗中，一大把香菜拌着蒜叶撒在碗中，一招一式，令人眼花缭乱。一碗充满金庸武侠豪客青衣白褂特色的羊肉汤呈现在眼前。耳听服务员的一声“中”，一大叠厚面饼送到。一场地道的羊肉汤早餐在热切期盼下开始了。如此的羊肉汤确实美味，汤醇肉香，朋友颇热情，还加了羊肉的量。这样的美味，影响到日后的每一次吃羊肉总会想起开封的那次。后来，无数次在异地品尝也算不错的羊肉与羊肉汤，均无法与那次比肩，开封那次的羊肉汤已然成为心中的标杆，难以逾越。人说，一方水土养一方人,你若把这样的美食原装后,在异地品尝,由于地域环境不同,品味也会逊色。

在开封,我还了解到风靡中国大江南北的“兰州拉面”,其实这面的发源地也在开封一带。迄今,同宗同源发展为“兰州拉面”与“河南拉面”,是“清汤”与“混汤”之分,各有特色与见长之处。

在开封吃刀削面也是一绝。这是手艺与味道的完美结合,也是视觉渲染到口感效应的体现。朋友特意安排一次午餐去了一家清真拉面馆。店堂不大,但十分整洁,店里的师傅与服务员均戴小白帽,就餐顾客不少。朋友有意要下面的师傅展示一下削面技艺,小师傅也不谦虚。一场近距离观赏刀削面的全过程开始了:小师傅先将一块白手巾盖在头上的小白帽上,再将一团两三斤重的面团放妥在头上的手巾上,面对两三米远沸腾的煮面大锅,气定神闲,左手扶面团,右手起刀削面,一条条如筷面丝像细长身躯的小银鱼般划过空中跃入水中。精彩的技艺表演获得食客的赞许。

顷刻,一大碗飘着香菜蒜叶金黄油花浸染的刀削牛肉面来到眼前。看一眼赏心悦目;尝一口,美味可口。

开封还有不少面食与风味佳肴,你要想领略与品尝更多这样的美食,可去入夜后的开封小吃广场,那里灯海一片,各个小摊上成百上千种各具特色的地方小吃等着你,令你垂涎欲滴,流连忘返,深感古都开封美食之都的魅力诱惑。

2014 年 11 月于河南开封

# 澳洲生活杂谈

澳洲给人的感觉是阳光、海滩与悠闲，即使来到悉尼，这澳洲最繁华的国际大都市，你也可以随处寻得一个休闲之地，这也许就是澳洲具有如此优越的生活环境与吸引人的地方。

但作为一个华人打拼世界，取得移民后，一个家庭在澳洲的生活是不容易的，至少经过了一番艰苦努力才得以安稳。

## 一、衣

在澳洲，衣着也许是最不讲究的。你上班坐办公室可以正装一点，其他工厂上班，外出购物办事，澳洲人可以打扮得很随意，在地铁、公交车上或马路上的行人，非常随意，最常见的就是T恤、短裤加拖鞋，因澳洲一年大部分时间均处在气候温度较适宜状态，冬季只是短暂的一两个月而已，何况悉尼的冬季也并不寒冷，中午时候温度也不低。

## 二、食

在澳生活简单，早餐基本是牛奶面包加鸡蛋，这是经常出现在餐桌上的老三篇。西式为主,简单省事。而午饭就因人而异,中西结合都有,什么三明治、汉堡、面条、米饭等都有,晚饭就以中餐配置较多,什么番茄炒蛋、麻辣豆腐、豆干香菜、青椒肉丝、葱烤大排、面筋塞肉等这些较典型的中国菜肴,颇具地方风味,又较简单,这些是以前编撰十大留学生菜系中呼声较高的菜,当然还有简单的西菜加入,像黄油香煎大虾、红肠西芹蘑菇色拉、罗宋汤等,均是洋为中用的菜肴。有时,舌尖上的美味能使人的精神状态有所提高。我也注意到,外国人对中国的菜肴感兴趣,而对中国人的面条、包子、米饭等主食都没有兴趣。我没见过一个外国人吃一海碗面条或两三个包子,或以一大碗米饭作为主食的。

一般而言,中国人去外国餐馆用餐较少,但时常也去光顾一些口味比较相近的亚洲餐馆,像泰国、越南、新加坡等国餐馆。中国餐馆午餐大多以小吃为主,一些较大的餐馆,中午均有华人感兴趣的"Yang Cha"(饮茶)便餐,喝着香茶,尝着小菜小点,聊天谈事,这也算是海外华人餐馆的一道特色风景。

## 三、住

在澳大利亚有很多市镇,也代表着一个个大小不一的居住区域。

这里所称市,其实等于中国的街道行政级别,整个澳大利亚有西澳、南澳、塔斯马尼亚、昆士兰、北领地、维多利亚、新南威尔士省(也可称州)和一个首都特别行政区。新南威尔士省(可简称为新州)有几百个这样大小不一的市镇,悉尼市也属其中,省政府在悉尼。

我们的现住房是复式二房一厅带太阳房的电梯公寓新房。整幢建筑地上五层住房、地下二层是车库，总共住有近30户人家。真可称是一个小小的联合国，这里有澳洲人、英国人、中东人、印度人、韩国人与中国人，还有其他亚洲与欧洲人等，也有一两家是中西联姻家庭。粗略估计，中国住户占两成左右。澳洲是英联邦国家，故延续英国人的楼层叫法习惯，地上一层称底层或地面层，二楼叫一楼，以此向上类推，五层楼就变成四楼了，初到澳洲会有些不习惯，很多商务楼均是如此叫法，只有了解清楚才不会去错楼层。由于澳洲人工高，我们住的楼有近30家住户，没有一个保安与门卫，这在中国是难以想象的。澳洲很多住宅楼均是这样，比这住宅大许多，有更多的住户，也不设保安的。人车分道，进物业均通过电子控制或用钥匙，打扫楼宇卫生的清洁工每周仅来一次，负责楼宇内外的清洁。

在澳洲，目前的房价提升也较快，悉尼市区周边区域二房一厅的新房均要60万澳币左右，周租一般的旧二房一厅，目前在以上区域也要500澳币左右。

朋友间也有不少拥有多套住房的成功者，出入开着名贵汽车。但也有不少来澳几十年至今一贫如洗者，有些有了家庭又分崩离析，各奔东西后又孑然一身，成了上无片瓦的“中老年日光族”，这并不是他们没有工作，而是虽然几十年如一日地在勤奋工作，但却嗜赌成性。异域的生活确实有些单调乏味，致使他们钟情干这样的嗜好，从而毫无人情味的老虎机吞噬了他们金灿灿的澳币，有些还未醒悟，依旧幻想用小刀砍大树的投资理念，等待大树倒下的那天时来运转，拨开云雾见太阳。但他们不知那个良辰美景还未到来，自己几十年的辛苦已付诸东流，年华已然老去。

## 四、行

早餐后上班或外出办事或购物。如是步行，沿途街道两边有风格各异的小洋房或争奇斗艳的各种花草树木组成的小花园，若你有时间慢慢欣赏，也算一次小有收获的路边园艺观赏之游。这是步行外出的点滴乐趣，也许你在两三里路上碰不到一个行人，你的穿着、走姿可以非常随意，不必顾虑有人会关注你。并不因为这里荒无人烟，而只是人口稠密度较低。偶尔迎面遇上一行人，一声“Hi”点头招呼，常有这样的场景。

在澳洲，开车正与中国相反，汽车的方向盘是在汽车的右侧，在马路开车行驶在路的左侧，刚到澳洲也有很多不习惯，尤其是在僻静的马路转弯一不小心会驶入马路右边的车道。开车是项技术活，只有经常操作才会熟练。

## 五、文化娱乐

有时，我在自家的阳台上凭栏举目远眺，常会有袖珍版的“一览众山小”的感觉，异域风光尽收眼底，看不到有中国式的花草树木与小桥流水的江南风光，更不用说是妩媚妖娆的湖光山色。随着思绪飞驰，我深刻感受到没有哪个民族会如同中华民族一样，能把这种传统的中国文化模式分毫不差地做到极致，重新让她在异域生根开花。在澳洲，这种中国文化元素大到唐人街，小到小商品，无不透露出中国文化生生不息、无比强大的威力。

悉尼不仅有华人引以为荣的“唐人街”，这就如同一个宾至如归的华人之家,在这里,你能感受到那种久违家乡的亲切,感到家乡仿佛就在眼前,设身处地如同走在家乡的土地上,心绪有种安稳与宁静。我发现,这里几乎每个中国餐馆和商店都有一个佛龛,供奉着菩萨,店主点烛烧香,祈福平安,招财进宝。紧邻悉尼的唐人街,还有一个中国式的小公园,雅号“谊园”。在这里,你才感到确实不易,在海外、在悉尼市中心如此金贵的地段,还能寻得如此一块典型的中国园林,令人赞叹!这些都是海外其他民族不能做到,不能比拟的。由此,笔者认为中国人是最恋故土、最离不开中国文化的民族,乃至几年、几十年、几百年,唐人街风采依旧,中国人依恋的那些文化元素不但没有改变,有些也许是远离故土的原因,变得越发强烈。

我注意过路边住宅房顶上鱼骨状天线还有各种小锅或矗立在花园里的大锅卫星电视天线,它们的朝向均是千篇一律,不约而同地朝着东北向,无非那方向信号特别强烈,循着这一方向往远去,也就是世界人口的集聚地北半球,也许这个朝向是澳洲获得通讯卫星辐射的最佳位置。由于世界科技的日新月异的发展,目前只需在电视机上安装一个机顶盒连接网线,中国乃至全世界的电视节目尽收眼底,一览无余,这又令电视天线的供货商瞠目结舌,人们无不赞叹科技给人类带来的无限便利。我更注意到安装这些大小不一、形状不同的天线与机顶盒的一般均是华人家庭。在这里,连接网线的电视机顶盒也热卖。华人不仅在饮食文化上与中国一脉相承,也在文化艺术上与中国连接,这才感到那种耳熟能详的传统文化样式近在咫尺、呼之即来的感受,这才感到心里踏实。由此,坐在海外澳洲一隅的家里,能时刻感受到来自中国文化的享受,新闻、文化艺术乃至年终大餐——春晚，不管你对此评头论足，期待始终在那里。这也许就是海外华人的浓浓乡情。

一个乔布斯，使钟表、计算、翻译器、字典、辞海、传真机、照相机等制造业遭到重创，使世界亿万计的人着迷于网瘾、微痴之中，从此，也为海外游子了解关注故乡提供了便利，如今只需打开随身的Iphone、Ipad，马上就能快速连接故土，只有时差之别。在澳洲，许多华人家庭均以中国文化占据自己的日常文化生活。

许多年前，从中国内地到澳洲没有直达的航空线，必须去香港或其他城市转机才能飞至澳洲，如今，仅中国内地就有四五家航空公司每天有不停息的航班来回于澳洲中国各大城市，再次证明中国人在澳洲早已不是小部分，中澳间的往来十分密切。加之世界其他国家城市与澳洲的往来，北向航空线成为澳洲连接世界唯一最繁忙的空中通道。

反观澳洲当地文化，华人参与的样式还是较少。这里有"RSL CLUB"，退伍军人俱乐部，里面有一排排整齐划一的老虎机，那些引人注目的五彩图案以及叮叮当当悦耳的乐曲，最主要的是它不但能"吃硬币"，还能吐钱，凭这一点，新型的游戏方式吸引众人的兴趣，这些退伍军人俱乐部在澳洲星罗棋布，而真正的含义与用途早已不复存在，代之的就是这些老虎机与简单的西式菜肴、鲜啤与歌舞类节目。

澳洲的影视、报刊及其他酒吧娱乐场所等，华人涉及的总体来说并不多。

## 六、教育与工作

澳洲是个多元化国家。华人移民到此，既希望自己的孩子融入主流社会，但又希望能保持中国传统。

中国人一向重视对下一代的教育，在澳洲你依然可以见到多数华人家庭在周末或课余间送子女进行各类功课的补习提高，这是自我加压。以此希望打造出完美的中西教育的结合体。“教育当先”，海外华人尤以效仿。

希望自己的下一代融入社会主流，有份良好的工作。可以说一份好工作，是融入社会的最先决条件。

富余与贫穷均是社会的个例。在澳华人间，笔者见过太多的这样事例，但有一点是共性，在澳生活人人都辛苦，不管是赚大钱还是赚小钱，大家几乎都在勤奋努力，由此感到海外华人比国内人更能吃苦，也许是各种因素使然，他们更努力勤奋，为目标而践行。以至于有人未老先衰，四十几岁的中壮年，已是两鬓斑白，还有人积劳成疾，得了不治之症，英年早逝或丧失工作能力。以此推断，在海外，华人奋发图强的事例比国内更胜一筹。所以，这里的报刊刊登的励志故事、成功秘笈更有市场，创富讲座也有人着迷。但每个成功者的背后决非一帆风顺，他的成功不能复制，你小心翼翼、不折不扣循着他的脚印，分毫不差地努力前行，也未必能心想事成、如愿以偿。

## 七、医疗与保险

澳洲是世界上采用全民医疗保险体制比较完善的先进国家。国民可以享受免费医疗等社会福利。总之，大病、急病在澳洲是有较为完美的医疗保障。这是生活在澳洲社会的一大优越感。

在澳洲，购买各类医疗保险项目，从而能获得更加良好的医疗条件，或为你年老时享有更完善的养老服务提供保障。

澳洲现今规定的退休年龄是65岁，而且男女一刀切，没有重男轻女。这一点很多人不理解，在澳航飞机上有这样的空婆、空爷，在工厂商店小公司等有这年龄的小老板，七十以上的老人还开车工作，这对大多数华人来说已力不从心。应该说资本主义国家讲究享乐型的，记得当初由一周六天工作制改为五天，是西方率先执行的，不知为何？这退休年龄倒是西方社会滞后中国了，澳洲目前正在向67岁退休年龄迈进。这将是公众面对的一个无奈而又漫长的现实问题，这也显现要让更多的原适龄退休者继续自食其力，创造财富。前段时间，也风闻法英两国民众为政府延长退休年龄而举行的声势浩大的游行示威。

虽然澳洲的阳光、海滩、环境堪称一流，但你仅仅是看到了这些优点而产生冲动，急不可待要移民就有点盲目了，移民国外，并不是十全十美的事，对有些人来说，有时也许只是看上去很美罢了，你要舍去很多。真正的移民生活对你或是五味杂陈，艰难而又辛劳。毕竟它与你的居住国有较大的区别，你要适应国外生活需要付出极大的勇气与毅力，因为以往生活的烙印已深深地刻在你的脑海，难以改变，这因人而异。当然，移民须趁年轻，年轻而又具备良好的外语优势，又可以在澳找到一份可以专业对口的较好职业，那你就可以有足够的勇气在澳打拼。总之，有所得也有所失，澳洲生活的优越性还是显著的。

我们虽然生活在海外，也时常牵挂着故国，也常回家看看，就像一条鱼儿又游回到了那片熟悉的水域，尽情感受亲情与中华文化的无穷魅力。虽然那里的水质有些差、环境有些拥挤、空气有些杂质食品也不够安全,相信在不断改革治理中,一个能将宇宙飞船送上太空遨游的国度,怎能还怕生产不出合格的奶粉?事在人为,只要政策有效、制度对路,把握住诸多问题的实质,希望一定会有。也许若干年后,我们有朝一日,遵循中国人司空见惯的叶落归根的理念踏上归途。

2010 年 9 月于澳洲

# 期待下一个穿越追梦之旅(代跋)

网络时代,我们写作很少用笔、用纸,“笔者”的尊称也已消失。这短短十数年的发展已打破了人类千百年来司空见惯的书写惯例。在赞叹互联网发展之神速的同时,我们还会对书本刮目相看吗?当这些码在网络页面上的文字,印刷在纸上装订成书后,你还会有一种极强的仪式感,油然而生一股莫名的尊敬吗?这原是书籍带给我们不一样的欢欣与宽慰。可随着时代的发展,“书籍”,这一历史文化产物是否也会淡出我们的文化圈而走向消亡?但愿这一人类进步的阶梯,永远是我们文化生活最好的伴侣。

当书稿《穿越珠峰》交由文汇出版社付梓时,我的心中依然有种欣慰,犹如一阵春风吹拂着田野般爽朗。同时,一股沾沾自喜的小确幸掠过心头。

《穿越珠峰》像似游记的书名,其实不尽然。套用时下励志鸡汤语,就是人生中有太多的“珠峰”正等待我们去穿越。只有通过一次次的不同内容、不同形式的穿越历练,才能感受到人生的美妙与邂逅五光十色世界的精彩……

每个人的生命中总有一些令人难忘的时刻。至少有十个人、十首歌、十本书、十道景观会触碰你的心灵,瞬间怦然心动,抑或在无奈孤寂时给你安慰与快乐。万物皆有外形与内在,好看的皮囊千篇一律,有趣的灵魂万里挑一。这就是人生旅途的不同之处。生命就是一场告别,从起点对结束的再见,一切的相遇,都是生命中的重逢!

我们这一代是从那个风雨如磐的年代穿越而来,这远比穿越珠峰更艰难漫长。历经沧海桑田,即便有过几次欢欣,仍觉路途崎岖。多数的日子看似谑浪风尘,静寂时内心仍多有累赘。几十年海外隅居,遥望祖国悲欢,祈盼和平昌盛之崛起。

书中对几位文化人的访谈,不少内容都是首次披露。文中不仅叙述了他们在海外中国文化艺术之路上的艰难跋涉,更记录了他们追求艺术的不灭情怀!还有不少篇幅抒发赞美自然风光、艺术与人生感悟,虽不属高谈阔论,却也是渐抒胸臆。

苍凉的歌声飘来:

我将在深秋的黎明出发

伴着铁皮车厢的摇晃

伴着野菊花开的芬芳

在梦碎的黎明出发

再见青春

再见美丽的疼痛

再见青春

永恒的迷惘

雨会从记忆的指间滑落
带着血中漫舞的青鸟
带着风中悲鸣的草帽
从燃烧的风中滑落
再见青春
再见美丽的疼痛
再见青春
永远的故乡
……

走吧！鼓起不落的青春风帆，怀揣着诗与远方的憧憬，期待着我们人生旅途中的下一个穿越追梦之旅！

远方是什么？远方有太多的惊鸿一瞥！远方是触手能及“世界屋脊”上的云朵；是捷克布拉克精彩纷呈古典建筑伴着德沃夏克的交响乐；是马头琴呜咽飘忽的北疆草原；是春雨潇潇的江南古镇；是镜头摇曳中维也纳霍夫堡帝国大厦上镶金的落日余晖；是北京午门“今夜无眠”的高亢歌声；更是澳大利亚悉尼港湾跨年的惊世礼花……

在此感谢文汇出版社及本书责编鲍广丽女士等给予的帮助，也期待与读者共勉。

张　帆

2017 年 2 月于悉尼

**图书在版编目（CIP）数据**

穿越珠峰 / 张帆著 . —上海：文汇出版社，2017.3

ISBN 978-7-5496-2012-8

Ⅰ . ①穿… Ⅱ . ①张… Ⅲ . ①散文集 – 中国 – 当代

Ⅳ . ① I267

中国版本图书馆 CIP 数据核字（2017）第 032359 号

---

**穿越珠峰**

作　　者 / 张　帆
责任编辑 / 鲍广丽
封面装帧 / 王　峥

出 版 人 / 桂国强

出版发行 / **文匯**出版社
上海市威海路755号
（邮政编码200041）
经　　销 / 全国新华书店
排　　版 / 上海歆乐文化传播有限公司
印刷装订 / 保定市铭泰达印刷有限公司
版　　次 / 2017年3月第1版
印　　次 / 2021年1月第2次印刷
开　　本 / 640 × 960　1/16
字　　数 / 130千字
印　　张 / 15.125

书　　号 / ISBN 978 - 7-5496-2012-8
定　　价 / 78.00元